BIBLIOTHÈQUE CHOISIE

ŒUVRES

H. DE BALZAC

[illegible]

OEUVRES

DE

H. DE BALZAC

Les Œuvres de H. De Balzac formeront environ 70 volumes de la *Bibliothèque choisie*, à 50 centimes le volume.

L'étendue de certains ouvrages exigera parfois la réunion de deux ou même de trois volumes en un seul. Les volumes doubles coûteront *un franc*, et les volumes triples *un franc cinquante centimes*.

Il paraîtra un ou deux voulumes par semaine.

Paris, impr. Guiraudet et Jouaust, rue S.-Honoré, 338

ŒUVRES

DE

H. DE BALZAC

II

LA MAISON DU CHAT-QUI-PELOTE
LA FAUSSE MAITRESSE
MADAME FIRMIANI

PARIS
P. JANNET, ÉDITEUR
28, RUE DES BONS-ENFANTS

1853

LA MAISON DU CHAT-QUI-PELOTE.

DÉDIÉ A MADEMOISELLE MARIE DE MONTHEAU.

Au milieu de la rue Saint-Denis, presqu'au coin de la rue du Petit-Lion, existait naguère une de ces maisons précieuses qui donnent aux historiens la facilité de reconstruire par analogie l'ancien Paris. Les murs menaçants de cette bicoque semblaient avoir été bariolés d'hiéroglyphes. Quel autre nom le flâneur pouvait-il donner aux X et aux V que traçaient sur la façade les pièces de bois transversales ou diagonales dessinées dans le badigeon par de petites lézardes parallèles ? Évidemment, au passage de la plus légère voiture, chacune de ces solives s'agitait dans sa mortaise. Ce vénérable édifice était surmonté d'un toit triangulaire dont aucun modèle ne se verra bientôt plus à Paris. Cette couverture, tordue par les intempéries du climat parisien, s'avançait de trois pieds sur la rue, autant pour garantir des eaux pluviales le seuil de la porte, que pour abriter le mur d'un grenier et sa lucarne sans appui. Ce dernier étage fut construit en planches clouées l'une sur l'autre comme des ardoises, afin sans doute de ne pas charger cette frêle maison.

Par une matinée pluvieuse, au mois de mars, un jeune homme soigneusement enveloppé dans son manteau se tenait sous l'auvent d'une boutique, en face de ce vieux logis, qu'il examinait avec un enthousiasme d'archéologue. A la vérité, ce débris de la bourgeoisie du seizième siècle offrait à l'observateur plus d'un problème à résoudre. A chaque étage une singularité : au premier, quatre fenêtres longues, étroites, rapprochées l'une de l'autre, avaient des carreaux de bois dans leur partie inférieure, afin de produire ce jour douteux à la faveur duquel un habile marchand prête aux étoffes la couleur souhaitée par ses chalands. Le jeune homme semblait plein de dédain pour cette partie essentielle de la maison, ses yeux ne s'y étaient pas encore arrêtés. Les fenêtres du second étage, dont les jalousies relevées laissaient voir, au travers de grands carreaux en verre de Bohême, de petits rideaux de mousseline rousse, ne l'intéressaient pas davantage. Son attention se portait particulièrement au troisième, sur d'humbles croisées dont le bois travaillé grossièrement aurait mérité d'être placé au Conservatoire des arts et métiers pour y indiquer les premiers efforts de la menuiserie française. Ces croisées avaient de petites vitres d'une couleur si verte, que, sans son excellente vue, le jeune homme n'aurait pu apercevoir les rideaux de toile à carreaux bleus qui cachaient les mystères de cet appartement aux yeux des profanes. Parfois, cet observateur, ennuyé de sa contemplation sans résultat, ou du silence dans lequel la maison était ensevelie, ainsi que tout le quartier, abaissait ses regards vers les régions inférieures. Un sourire involontaire se dessinait alors sur ses lèvres, quand il revoyait la boutique, où se rencontraient en effet des choses assez risibles. Une formidable pièce de bois, horizontalement appuyée sur quatre piliers qui paraissaient courbés par le poids de cette maison décrépite, avait été rechampie d'autant de couches de diverses peintures que la joue d'une vieille duchesse en a reçu de rouge. Au milieu de cette large poutre mignardement sculptée se trouvait un antique tableau représentant un chat qui pelotait. Cette toile causait la gaîté du jeune homme. Mais il faut dire que le plus spirituel des peintres modernes n'inventerait pas de charge si comique. L'animal tenait dans une de ses pattes de devant une raquette aussi grande que lui, et se dressait sur ses pattes de derrière pour mirer une énorme balle que lui renvoyait un gentilhomme en habit brodé. Dessin, couleurs, accessoires, tout était traité de manière à faire croire que l'artiste avait voulu se moquer du marchand et des passants. En altérant cette peinture naïve, le temps l'avait rendue encore plus grotesque par quelques incertitudes qui devaient inquiéter de consciencieux flâneurs.

Ainsi la queue mouchetée du chat était découpée de telle sorte qu'on pouvait la prendre pour un spectateur, tant la queue des chats de nos ancêtres était grosse, haute et fournie. A droite du tableau, sur un champ d'azur qui déguisait imparfaitement la pourriture du bois, les passants lisaient GUILLAUME; et à gauche, SUCCESSEUR DU SIEUR CHEVREL. Le soleil et la pluie avaient rongé la plus grande partie de l'or moulu parcimonieusement appliqué sur les lettres de cette inscription, dans laquelle les U remplaçaient les V et réciproquement, selon les lois de notre ancienne orthographe. Afin de rabattre l'orgueil de ceux qui croient que le monde devient de jour en jour plus spirituel, et que le moderne charlatanisme surpasse tout, il convient de faire observer ici que ces enseignes, dont l'étymologie semble bizarre à plus d'un négociant parisien, sont les tableaux morts de vivants tableaux à l'aide desquels nos espiègles ancêtres avaient réussi à amener les chalands dans leurs maisons. Ainsi la Truie qui file, le Singe vert, etc., furent des animaux en cage dont l'adresse émerveillait les passants, et dont l'éducation prouvait la patience de l'industriel au quinzième siècle. De semblables curiosités enrichissaient plus vite leurs heureux possesseurs que les Providence, les Bonne Foi, les Grâce de Dieu et les Décollation de saint Jean Baptiste qui se voient encore rue Saint-Denis. Cependant l'inconnu ne restait certes pas là pour admirer ce chat, qu'un moment d'attention suffisait à graver dans la mémoire. Ce jeune homme avait aussi ses singularités. Son manteau, plissé dans le goût des draperies antiques, laissait voir une élégante chaussure, d'autant plus remarquable au milieu de la boue parisienne, qu'il portait des bas de soie blancs dont les mouchetures attestaient son impatience. Il sortait sans doute d'une noce ou d'un bal, car à cette heure matinale il tenait à la main des gants blancs, et les boucles de ses cheveux noirs défrisés, éparpillées sur ses épaules, indiquaient une coiffure à la Caracalla, mise à la mode autant par l'école de David que par cet engouement pour les formes grecques et romaines qui marqua les premières années de ce siècle. Malgré le bruit que faisaient quelques maraîchers attardés passant au galop pour se rendre à la grande halle, cette rue si agitée avait alors un calme dont la magie n'est connue que de ceux qui ont erré dans Paris désert, à ces heures où son tapage, un moment apaisé, renaît et s'entend dans le lointain comme la grande voix de la mer. Cet étrange jeune homme devait être aussi curieux pour les commerçants du Chat-qui-Pelote, que le Chat-qui-Pelote l'était pour lui. Une cravate éblouissante de blancheur rendait sa figure tourmentée encore plus pâle qu'elle ne l'était réellement. Le feu tour à tour sombre et pétillant que jetaient ses yeux noirs s'harmoniait avec les contours bizarres de son visage, avec sa bouche large et sinueuse, qui se contractait en souriant. Son front, ridé par une contrariété violente, avait quelque chose de fatal. Le front n'est-il pas ce qui se trouve de plus prophétique en l'homme? Quand celui de l'inconnu exprimait la passion, les plis qui s'y formaient causaient une sorte d'effroi par la vigueur avec laquelle ils se prononçaient; mais lorsqu'il reprenait son calme, si facile à troubler, il y respirait une grâce lumineuse qui rendait attrayante cette physionomie où la joie, la douleur, l'amour, la colère, le dédain, éclataient d'une manière si communicative que l'homme le plus froid en devait être impressionné. Cet inconnu se dépitait si bien au moment où l'on ouvrit précipitamment la lucarne du grenier, qu'il n'y vit pas apparaître trois joyeuses figures rondelettes, blanches, roses, mais aussi communes que le sont les figures du Commerce sculptées sur certains monuments. Ces trois faces, encadrées par la lucarne, rappelaient les têtes d'anges bouffis semés dans les nuages qui accompagnent le Père éternel. Les apprentis respirèrent les émanations de la rue avec une avidité qui démontrait combien l'atmosphère de leur grenier était chaude et méphitique. Après avoir indiqué ce singulier factionnaire, le commis qui paraissait être le plus jovial disparut et revint en tenant à la main un instrument dont le métal inflexible a été récemment remplacé par un cuir souple; puis tous prirent une expression malicieuse en regardant le badaud qu'ils aspergèrent d'une pluie fine et blanchâtre dont le parfum prouvait que les trois mentons venaient d'être rasés. Elevés sur la pointe de leurs pieds et réfugiés au fond de leur grenier pour jouir de la colère de leur victime, les commis cessèrent de rire en voyant l'insouciant dédain avec lequel le jeune homme secoua son manteau, et le profond mépris que peignit sa figure quand il leva les yeux sur la lucarne vide. En ce moment, une main blanche et délicate fit remonter vers l'imposte la partie inférieure d'une des grossières croisées du troisième étage, au moyen de ces coulisses dont le tourniquet laisse souvent tomber à l'improviste le lourd vitrage qu'il doit retenir. Le passant fut alors récompensé de sa longue attente. La figure d'une jeune fille, fraîche comme un de ces blancs calices qui fleurissent au sein des eaux, se montra couronnée d'une ruche en mousseline froissée qui donnait à sa tête un air d'innocence admirable. Quoique couverts d'une étoffe brune, son cou, ses épaules, s'apercevaient, grâce à de légers interstices ménagés par les mouvements du sommeil. Aucune expression de contrainte n'altérait ni l'ingénuité de ce visage, ni le calme de ces yeux immortalisés par avance dans les sublimes compositions de Raphaël : c'était la même grâce, la même tranquillité de ces vierges devenues proverbiales. Il existait un charmant contraste produit par la jeunesse des joues de cette figure, sur laquelle le sommeil avait comme mis en relief une surabondance de vie, et par la vieillesse de cette fenêtre massive aux contours grossiers, dont l'appui était noir. Semblable à ces fleurs de jour qui n'ont pas encore au matin déplié leur tunique roulée par le froid des nuits, la jeune fille, à peine éveillée, laissa errer ses yeux bleus sur les toits voisins et regarda le ciel ; puis, par une sorte d'habitude, elle les baissa sur les sombres régions de la rue, où ils rencontrèrent aussitôt ceux de son adorateur. La coquetterie la fit sans doute souffrir d'être vue en déshabillé : elle se retira vivement en arrière, le tourniquet tout usé tourna, la croisée redescendit avec cette rapidité qui, de nos jours, a valu un nom odieux à cette naïve invention de nos ancêtres, et la vision disparut. Pour ce jeune homme, la plus brillante des étoiles du matin semblait avoir été soudain cachée par un nuage.

Pendant ces petits événements, les lourds volets intérieurs qui défendaient le léger vitrage de la boutique du Chat-qui-Pelote avaient été enlevés comme par magie. La vieille porte à heurtoir fut repliée sur le mur intérieur de la maison par un serviteur vraisemblablement contemporain de l'enseigne, qui, d'une main tremblante, y attacha le morceau de drap carré sur lequel était brodé en soie jaune le nom de *Guillaume, successeur de Chevrel*. Il eût été difficile à plus d'un passant de deviner le genre de commerce de monsieur Guillaume. A travers les gros barreaux de fer qui protégeaient extérieurement sa boutique, à peine y apercevait-on des paquets enveloppés de toile brune aussi nombreux que des harengs quand ils traversent l'Océan. Malgré l'apparente simplicité de cette gothique façade, monsieur Guillaume était, de tous les marchands drapiers de Paris, celui dont les magasins se trouvaient toujours le mieux fournis, dont les relations avaient le plus d'étendue, et dont la probité commerciale ne souffrait pas le moindre soupçon. Si quelques uns de ses confrères concluaient des marchés avec le gouvernement sans avoir la quantité de drap voulue, il était toujours prêt à la leur livrer, quelque considérable que fût le nombre de pièces soumissionnées. Le rusé négociant connaissait mille manières de s'attribuer le plus fort bénéfice sans se trouver obligé, comme eux, de courir chez des protecteurs, y faire des bassesses ou de riches présents. Si les confrères ne pouvaient le payer qu'en excellentes traites un peu longues, il indiquait son notaire comme un homme accommodant, et savait encore tirer une seconde mouture du sac, grâce à cet expédient qui faisait dire proverbialement aux négociants de la rue Saint-Denis : « Dieu vous garde du notaire de monsieur Guillaume ! » pour désigner un escompte onéreux. Le vieux négociant se trouva debout, comme par miracle, sur le seuil de sa boutique, au moment où le domestique se retira. Monsieur Guillaume regarda la rue Saint-Denis, les boutiques voisines et le temps, comme un homme qui débarque au Havre et revoit la France après un long voyage. Bien convaincu que rien n'avait changé pendant son sommeil, il aperçut alors le passant en faction, qui, de son côté, contemplait le patriarche de la draperie, comme Humboldt dut examiner le premier gymnote électrique qu'il vit en Amérique. Monsieur Guillaume portait de larges culottes de velours noir, des bas chinés et des souliers carrés à boucles d'argent. Son habit à pans carrés, à basques carrées, à collet carré, enveloppait son corps, légèrement voûté, d'un drap verdâtre garni de grands boutons en métal blanc, mais rougis par l'usage. Ses cheveux gris étaient si exactement aplatis et peignés sur son crâne jaune, qu'ils le faisaient ressembler à un champ sillonné. Ses petits yeux verts, percés comme avec une vrille, flamboyaient sous deux arcs marqués d'une faible rougeur à défaut de sourcils. Les inquiétudes avaient tracé sur son front des rides horizontales aussi nombreuses que les plis de son habit. Cette figure blême annonçait la patience, la sagesse commerciale, et l'espèce de cupidité rusée que réclament les affaires. A cette époque on voyait moins rarement qu'aujourd'hui de ces vieilles familles où se conservaient comme de précieuses traditions les mœurs, les costumes caractéristiques de leurs professions, et restées au milieu de la civilisation nouvelle comme ces débris antédiluviens retrouvés par Cuvier dans les carrières. Le chef de la famille Guillaume était un de ces notables gardiens des anciens usages : on le surprenait à regretter le prévôt des marchands, et jamais il ne parlait d'un jugement du tribunal de commerce sans le nommer *la sentence des consuls*. Levé, sans doute en vertu de ces coutumes, le premier de sa maison, il attendait de pied ferme l'arrivée de ses trois commis, pour les gourmander en cas de retard. Ces jeunes disciples de Mercure ne connaissaient rien de plus redoutable que l'activité silencieuse avec laquelle le patron scrutait leurs visages et leurs mouvements le lundi matin, en y recherchant les preuves ou les traces de leurs escapades. Mais en ce moment le vieux drapier ne fit aucune attention à ses apprentis : il était occupé à chercher le motif de la sollicitude avec laquelle le jeune homme en bas de soie et en manteau portait alternativement les yeux sur son enseigne et sur les profondeurs de son magasin. Le jour, devenu plus éclatant, permettait d'y apercevoir le bureau grillagé, entouré de rideaux en vieille soie verte, où se tenaient les livres immenses, oracles muets de la maison. Le trop curieux étranger semblait convoiter ce petit local, y prendre le plan d'une salle à manger latérale, éclairée par un vitrage pratiqué dans le plafond, et d'où la famille réunie devait facilement voir, pendant ses repas, les plus légers accidents qui pouvaient arriver sur le seuil de la boutique. Un si grand amour pour son logis paraissait suspect à un négociant qui avait subi le régime du *maximum*. Monsieur Guillaume pensait donc assez naturellement que cette figure sinistre en voulait à la caisse du Chat-qui-pelote. Après avoir discrètement joui du duel muet qui avait lieu entre son patron et l'inconnu, le plus âgé des commis hasarda de se placer sur la dalle où était monsieur Guillaume, en voyant le jeune homme contempler à la dérobée les croisées du troisième. Il fit deux pas dans la rue, leva la tête, et crut avoir aperçu mademoiselle Augustine Guillaume qui se retirait avec précipitation. Mécontent de la perspicacité de son premier commis, le drapier lui lança un regard de travers; mais tout à coup les craintes mutuelles que la présence de ce passant excitait dans l'âme du marchand et de l'amoureux commis se calmèrent. L'inconnu héla un fiacre qui se rendait à une place voisine, et y monta rapidement en affectant une trompeuse indifférence. Ce départ mit un certain baume dans le cœur des autres commis, assez inquiets de retrouver la victime de leur plaisanterie.

— Eh bien, Messieurs, qu'avez-vous donc à rester là, les bras croisés? dit monsieur Guillaume à ses trois néophytes. Mais autrefois, sarpejeu! quand j'étais chez le sieur Chevrel, j'avais déjà visité plus de deux pièces de drap.

— Il faisait donc jour de meilleure heure, dit le second commis, que cette tâche concernait.

Le vieux négociant ne put s'empêcher de sourire. Quoique deux de ces trois jeunes gens, confiés à ses soins par leurs pères, riches manufacturiers de Louviers et Sedan, n'eussent qu'à demander cent mille francs pour les avoir le jour où ils seraient en âge de s'établir, Guillaume croyait de son devoir de les tenir sous la férule d'un antique despotisme inconnu de nos jours dans les brillants magasins modernes dont les commis veulent être riches à trente ans: il les faisait travailler comme des nègres. A eux trois, ces commis suffisaient à une besogne qui aurait mis sur les dents dix de ces employés dont le sybaritisme enfle aujourd'hui les colonnes du budget. Aucun bruit ne troublait la paix de cette maison solennelle, où les gonds semblaient toujours huilés, et dont le moindre meuble avait cette propreté respectable qui annonce un ordre et une économie sévères. Souvent le plus espiègle des commis s'était amusé à écrire sur le fromage de Gruyère qu'on leur abandonnait au déjeuner, et qu'ils se plaisaient à respecter, la date de sa réception primitive. Cette malice et quelques autres semblables faisaient parfois sourire la plus jeune des deux filles de Guillaume, la jolie vierge qui venait d'apparaître au passant enchanté. Quoique chacun des apprentis, et même le plus ancien, payât une forte pension, aucun d'eux n'eût été assez hardi pour rester à la table du patron au moment où le dessert y était servi. Lorsque madame Guillaume parlait d'accommoder la salade, ces pauvres jeunes gens tremblaient en songeant avec quelle parcimonie sa prudente main savait y épancher l'huile. Il ne fallait pas qu'ils s'avisassent de passer une nuit dehors sans avoir donné long-temps à l'avance un motif plausible à cette irrégularité. Chaque dimanche, et à tour de rôle, deux commis accompagnaient la famille Guillaume à la messe de Saint-Leu et aux vêpres. Mesdemoiselles Virginie et Augustine, modestement vêtues d'indienne, prenaient chacune le bras d'un commis et marchaient en avant, sous les yeux de leur mère, qui fermait ce petit cortége domestique avec son mari, accoutumé par elle à porter deux gros paroissiens en maroquin noir. Le second commis n'avait pas d'appointements. Quant à celui que douze ans de persévérance et de discrétion initiaient aux secrets de la maison, il recevait huit cents francs en récompense de ses labeurs. A certaines fêtes de famille, il était gratifié de quelques cadeaux auxquels la main sèche et ridée de madame Guillaume donnait seule du prix : des bourses en filet, qu'elle avait soin d'emplir de coton pour faire valoir leurs dessins à jour ; des bretelles fortement conditionnées, ou des paires de bas de soie bien lourdes. Quelquefois, mais rarement, ce premier ministre était admis à partager les plaisirs de la famille, soit quand elle allait à la campagne, soit quand, après des mois d'attente, elle se décidait à user de son droit à demander, en louant une loge, une pièce à laquelle Paris ne pensait plus. Quant aux trois autres commis, la barrière de respect qui séparait jadis un maître drapier de ses apprentis était placée si fortement entre eux et le vieux négociant, qu'il leur eût été plus facile de voler une pièce de drap que de déranger cette auguste étiquette. Cette réserve peut paraître ridicule aujourd'hui : mais ces vieilles maisons étaient des écoles de mœurs et de probité. Les maîtres adoptaient leurs apprentis. Le linge d'un jeune homme était soigné, réparé, quelquefois renouvelé, par la maîtresse de la maison. Un commis tombait-il malade, il devenait l'objet de soins vraiment maternels. En cas de danger, le patron prodiguait son argent pour appeler les plus célèbres docteurs : car il ne répondait pas seulement des mœurs et du savoir de ces jeunes gens à leurs parents. Si l'un d'eux, honorable par le caractère, éprouvait quelque désastre, ces vieux négociants savaient apprécier l'intelligence qu'il avait développée, et n'hésitaient pas à confier le bonheur de leurs filles à celui auquel ils avaient pendant long-temps confié leurs fortunes. Guillaume était un de ces hommes antiques, et, s'il en avait les ridicules, il en avait toutes les qualités : aussi Joseph Lebas, son premier commis, orphelin et sans fortune, était-il, dans son idée, le futur époux de Virginie, sa fille aînée. Mais Joseph ne partageait point les pensées symétriques de son patron, qui, pour un empire, n'aurait pas marié sa seconde fille avant la première. L'infortuné commis se sentait le cœur entièrement pris pour mademoiselle Augustine, la cadette. Afin de justifier cette passion, qui avait grandi secrètement, il est nécessaire de pénétrer plus avant dans les ressorts du gouvernement absolu qui régissait la maison du vieux marchand drapier.

Guillaume avait deux filles. L'aînée, mademoiselle Virginie, était tout le portrait de sa mère. Madame Guillaume, fille du sieur Chevrel, se tenait si droite sur la banquette de son comptoir, que plus d'une fois elle avait entendu des plaisants parier qu'elle y était empalée. Sa figure maigre et longue trahissait une dévotion outrée. Sans grâces et sans manières aimables, madame Guillaume ornait habituellement sa tête presque sexagénaire d'un bonnet dont la forme était invariable, et garni de barbes comme celui d'une veuve. Tout le voisinage l'appelait la sœur tourière. Sa parole était brève, et ses gestes avaient quelque chose des mouvements saccadés d'un télégraphe. Son œil, clair comme celui d'un chat, semblait en vouloir à tout le monde de ce qu'elle était laide. Mademoiselle Virginie, élevée comme sa jeune sœur sous les lois despotiques de leur mère, avait atteint l'âge de vingt-huit ans. La jeunesse atténuait l'air disgracieux que sa ressemblance avec sa mère donnait parfois à sa figure ; mais la rigueur maternelle l'avait dotée de deux grandes qualités qui pouvaient tout contrebalancer : elle était douce et patiente. Mademoiselle Augustine, à peine âgée de dix-huit ans, ne ressemblait ni à son père ni à sa mère. Elle était de ces filles qui, par l'absence de tout lien physique avec leurs parents, font croire à ce dicton de prude : Dieu donne les enfants. Augustine était petite, ou, pour la mieux peindre, mignonne. Gracieuse et pleine de candeur, un homme du monde n'aurait pu reprocher à cette charmante créature que des gestes mesquins ou certaines attitudes communes, et parfois de la gêne. Sa figure silencieuse et immobile respirait cette mélancolie passagère qui s'empare de toutes les jeunes filles trop faibles pour oser résister aux volontés d'une mère. Toujours modestement vêtues, les deux sœurs ne pouvaient satisfaire la coquetterie innée chez la femme que par un luxe de propreté qui leur allait à merveille et les mettait en harmonie avec ces comptoirs luisants, avec ces rayons sur lesquels le vieux domestique ne souffrait pas un grain de poussière, avec la simplicité antique de tout ce qui se voyait autour d'elles. Obligées par leur genre de vie à chercher des éléments de bonheur dans des travaux obstinés, Augustine et Virginie n'avaient donné jusqu'alors que du contentement à leur mère, qui s'applaudissait secrètement de la perfection du caractère de ses deux filles. Il est facile d'imaginer les résultats de l'éducation qu'elles avaient reçue. Elevées pour le commerce, habituées à n'entendre que des raisonnements et des calculs tristement mercantiles, n'ayant étudié que la grammaire, la tenue des livres, un peu d'histoire juive, l'histoire de France dans Le Ragois, et ne lisant que les auteurs dont la lecture leur était permise par leur mère, leurs idées n'avaient pas pris beaucoup d'étendue. Elles savaient parfaitement tenir un ménage, elles connaissaient le prix des choses, elles appréciaient les difficultés que l'on éprouve à amasser l'argent, elles étaient économes et portaient un grand respect aux qualités du négociant. Malgré la fortune de leur père, elles étaient aussi habiles à faire des reprises qu'à festonner ; souvent leur mère parlait de leur apprendre la cuisine afin qu'elles sussent bien ordonner un dîner, et pussent gronder une cuisinière en connaissance de cause. Ignorant les plaisirs du monde et voyant comment s'écoulait la vie exemplaire de leurs parents, elles ne jetaient que bien rarement leurs regards au delà de l'enceinte de cette vieille maison patrimoniale qui, pour leur mère, était l'univers. Les réunions occasionnées par les solennités de famille formaient tout l'avenir de leurs joies terrestres. Quand le grand salon situé au second étage devait recevoir madame Roguin, une demoiselle Chevrel, de quinze ans moins âgée que sa cousine et qui portait des diamants ; le jeune Rabourdin, sous-chef aux Finances ; monsieur César Birotteau, riche parfumeur, et sa femme, appelée madame César ; monsieur Camusot, le plus riche négociant en soieries de la rue des Bourdonnais, et son beau-père mon-

sieur Cardot ; deux ou trois vieux banquiers, et des fem
mes irréprochables, les apprêts nécessités par la manièr
dont l'argenterie, les porcelaines de Saxe, les bougies, le
cristaux, étaient empaquetés, faisaient une diversion à la v
monotone de ces trois femmes, qui allaient et venaient, e
se donnant autant de mouvement que des religieuses pou
la réception de leur évêque. Puis, quand le soir, fatigué
toutes trois d'avoir essuyé, frotté, déballé, mis en plac
les ornements de la fête, les deux jeunes filles aidaien
leur mère à se coucher, madame Guillaume leur disait
« Nous n'avons rien fait aujourd'hui, mes enfants! » Lors
que, dans ces assemblées solennelles, la sœur tourièr
permettait de danser, en confinant les parties de boston
de wisth et de trictrac dans sa chambre à coucher, cett
concession était comptée parmi les félicités les plus inesp
rées, et causait un bonheur égal à celui d'aller à deux o
trois grands bals où Guillaume menait ses filles à l'époqu
du carnaval. Enfin, une fois par an, l'honnête drapie
donnait une fête, pour laquelle il n'épargnait rien. Quelqu
riches et élégantes que fussent les personnes invitées, elle
se gardaient bien d'y manquer : car les maisons les plu
considérables de la place avaient recours à l'immense cré
dit, à la fortune ou à la vieille expérience de monsieu
Guillaume. Mais les deux filles de ce digne négociant n
profitaient pas autant qu'on pourrait le supposer des en
seignements que le monde offre à de jeunes âmes. Elle
apportaient dans ces réunions, inscrites d'ailleurs sur l
carnet d'échéances de la maison, des parures dont la mes
quinerie les faisait rougir. Leur manière de danser n'ava
rien de remarquable, et la surveillance maternelle ne leu
permettait pas de soutenir la conversation autrement qu
par oui et non avec leurs cavaliers. Puis la loi de la vieil
enseigne du Chat qui Pelote leur ordonnait d'être rentrée
à onze heures, moment où les bals et les fêtes commen
cent à s'animer. Ainsi leurs plaisirs, en apparence asse
conformes à la fortune de leur père, devenaient souven
insipides par des circonstances qui tenaient aux habitud
et aux principes de cette famille. Quant à leur vie habi
tuelle, une seule observation achèvera de la peindre. Ma
dame Guillaume exigeait que ses deux filles fussent habil
lées de grand matin, qu'elles descendissent tous les jour
à la même heure, et soumettait leurs occupations à un

régularité monastique. Cependant Augustine avait reçu du hasard une âme assez élevée pour sentir le vide de cette existence. Parfois ses yeux bleus se relevaient comme pour interroger les profondeurs de cet escalier sombre et de ces magasins humides. Après avoir sondé ce silence de cloître, elle semblait écouter de loin de confuses révélations de cette vie passionnée qui met les sentiments à un plus haut prix que les choses. En ces moments son visage se colorait, ses mains inactives laissaient tomber la blanche mousseline sur le chêne poli du comptoir, et bientôt sa mère lui disait d'une voix qui restait toujours aigre, même dans ses tons les plus doux : « Augustine ! à quoi pensez-vous donc, mon bijou ? » Peut-être *Hippolyte, comte de Douglas* et *le Comte de Comminges*, deux romans trouvés par Augustine dans l'armoire d'une cuisinière récemment renvoyée par madame Guillaume, contribuèrent-ils à développer les idées de cette jeune fille, qui les avait furtivement dévorés pendant les longues nuits de l'hiver précédent. Les expressions de désir vague, la voix douce, la peau de jasmin et les yeux bleus d'Augustine avaient donc allumé dans l'âme du pauvre Lebas un amour aussi violent que respectueux. Par un caprice facile à comprendre, Augustine ne se sentait aucun goût pour l'orphelin ; peut-être était-ce parce qu'elle ne se savait pas aimée par lui. En revanche, les longues jambes, les cheveux châtains, les grosses mains et l'encolure vigoureuse du premier commis avaient trouvé une secrète admiratrice dans mademoiselle Virginie, qui, malgré ses cinquante mille écus de dot, n'était demandée en mariage par personne. Rien de plus naturel que ces deux passions inverses, nées dans le silence de ces comptoirs obscurs comme fleurissent des violettes dans la profondeur d'un bois. La muette et constante contemplation qui réunissait les yeux de ces jeunes gens par un besoin violent de distraction au milieu de travaux obstinés et d'une paix religieuse devait tôt ou tard exciter les sentiments d'amour. L'habitude de voir une figure y fait découvrir insensiblement les qualités de l'âme, et finit par en effacer les défauts.

« Au train dont y va cet homme, nos filles ne tarderont pas à se mettre à genoux devant un prétendu ! » se dit monsieur Guillaume en lisant le premier décret par lequel Napoléon anticipa sur les classes de conscrits.

Dès ce jour, désespéré de voir sa fille aînée se faner, l
vieux marchand se souvint d'avoir épousé mademoisel
Chevrel à peu près dans la situation où se trouvaient Jo
seph Lebas et Virginie. Quelle belle affaire que de marier s
fille et d'acquitter une dette sacrée en rendant à un or
phelin le bienfait qu'il avait reçu jadis de son prédéces
seur dans les mêmes circonstances! Agé de trente-tro
ans, Joseph Lebas pensait aux obstacles que quinze ans d
différence mettaient entre Augustine et lui. Trop perspicac
d'ailleurs pour ne pas deviner les desseins de monsieu
Guillaume, il en connaissait assez les principes inexorabl
pour savoir que jamais la cadette ne se marierait avan
l'aînée. Le pauvre commis, dont le cœur était aussi excel
lent que ses jambes étaient longues et son buste épais
souffrait donc en silence.

Tel était l'état des choses dans cette petite républiqu
qui, au milieu de la rue Saint-Denis, ressemblait assez
une succursale de la Trappe. Mais pour rendre un compt
exact des événements extérieurs comme des sentiments,
est nécessaire de remonter à quelques mois avant la scèn
par laquelle commence cette histoire. A la nuit tombante
un jeune homme passant devant l'obscure boutique d
Chat-qui-Pelote y était resté un moment en contemplatio
à l'aspect d'un tableau qui aurait arrêté tous les peintres d
monde. Le magasin, n'étant pas encore éclairé, formait u
plan noir au fond duquel se voyait la salle à manger d
marchand. Une lampe astrale y répandait ce jour jaune qu
donne tant de grâce aux tableaux de l'école hollandaise. L
linge blanc, l'argenterie, les cristaux, formaient de bril
lants accessoires, qu'embellissaient encore de vives opposi
tions entre l'ombre et la lumière. La figure du père de famill
et celle de sa femme, les visages des commis et les forme
pures d'Augustine, à deux pas de laquelle se tenait un
grosse fille joufflue, composaient un groupe si curieux; ce
têtes étaient si originales, et chaque caractère avait un
expression si franche; on devinait si bien la paix, le silence et la modeste vie de cette famille, que, pour un ar
tiste accoutumé à exprimer la nature, il y avait quelqu
chose de désespérant à vouloir rendre cette scène fortuite
Ce passant était un jeune peintre, qui, sept ans auparavant,
avait remporté le grand prix de peinture. Il revenait de
Rome. Son âme nourrie de poésie, ses yeux rassasiés de

Raphaël et de Michel Ange, avaient soif de la nature vraie, après une longue habitation du pays pompeux où l'art a jeté partout son grandiose. Faux ou juste, tel était son sentiment personnel. Abandonné long-temps à la fougue des passions italiennes, son cœur demandait une de ces vierges modestes et recueillies que, malheureusement, il n'avait su trouver qu'en peinture à Rome. De l'enthousiasme imprimé à son âme exaltée par le tableau naturel qu'il contemplait, il passa naturellement à une profonde admiration pour la figure principale. Augustine paraissait pensive et ne mangeait point; par une disposition de la lampe, dont la lumière tombait entièrement sur son visage, son buste semblait se mouvoir dans un cercle de feu qui détachait plus vivement les contours de sa tête et l'illuminait d'une manière quasi surnaturelle. L'artiste la compara involontairement à un ange exilé qui se souvient du ciel. Une sensation presque inconnue, un amour limpide et bouillonnant, inonda son cœur. Après être demeuré pendant un moment comme écrasé sous le poids de ses idées, il s'arracha à son bonheur, rentra chez lui, ne mangea pas, ne dormit point. Le lendemain, il entra dans son atelier pour n'en sortir qu'après avoir déposé sur une toile la magie de cette scène dont le souvenir l'avait en quelque sorte fanatisé. Sa félicité fut incomplète tant qu'il ne posséda pas un fidèle portrait de son idole. Il passa plusieurs fois devant la maison du Chat qui Pelote; il osa même y entrer une ou deux fois sous le masque d'un déguisement, afin de voir de plus près la ravissante créature que madame Guillaume couvrait de son aile. Pendant huit mois entiers, adonné à son amour, à ses pinceaux, il resta invisible pour ses amis les plus intimes, oubliant le monde, la poésie, le théâtre, la musique, et ses plus chères habitudes. Un matin, Girodet força toutes ces consignes que les artistes connaissent et savent éluder, parvint à lui, et le réveilla par cette demande : « Que mettras-tu au Salon ? » L'artiste saisit la main de son ami, l'entraîne à son atelier, découvre un petit tableau de chevalet et un portrait. Après une lente et avide contemplation des deux chefs-d'œuvre, Girodet saute au cou de son camarade et l'embrasse, sans trouver de paroles. Ses émotions ne pouvaient se rendre que comme il les sentait, d'âme à âme.

« Tu es amoureux ? dit Girodet. »

Tous deux savaient que les plus beaux portraits de Titien, de Raphaël et de Léonard de Vinci, sont dus à des sentiments exaltés, qui, sous diverses conditions, engendrent d'ailleurs tous les chefs-d'œuvre. Pour toute réponse, le jeune artiste inclina la tête.

« Es-tu heureux de pouvoir être amoureux ici, en revenant d'Italie! Je ne te conseille pas de mettre de telles œuvres au Salon, ajouta le grand peintre. Vois-tu, ces deux tableaux n'y seraient pas sentis. Ces couleurs vraies, ce travail prodigieux, ne peuvent pas encore être appréciés; le public n'est plus accoutumé à tant de profondeur. Les tableaux que nous peignons, mon bon ami, sont des écrans, des paravents. Tiens, faisons plutôt des vers, et traduisons les anciens! il y a plus de gloire à en attendre que de nos malheureuses toiles.

Malgré cet avis charitable, les deux toiles furent exposées. La scène d'intérieur fit une révolution dans la peinture. Elle donna naissance à ces tableaux de genre dont la prodigieuse quantité importée à toutes nos expositions pourrait faire croire qu'ils s'obtiennent par des procédés purement mécaniques. Quant au portrait, il est peu d'artistes qui ne gardent le souvenir de cette toile vivante à laquelle le public, quelquefois juste en masse, laissa la couronne que Girodet y plaça lui-même. Les deux tableaux furent entourés d'une foule immense. On s'y tua, comme disent les femmes. Des spéculateurs, des grands seigneurs, couvrirent ces deux toiles de doubles napoléons; l'artiste refusa obstinément de les vendre et refusa d'en faire des copies. On lui offrit une somme énorme pour les laisser graver; les marchands ne furent pas plus heureux que ne l'avaient été les amateurs. Quoique cette aventure occupât le monde, elle n'était pas de nature à parvenir au fond de la petite Thébaïde de la rue Saint-Denis; néanmoins, en venant faire une visite à madame Guillaume, la femme du notaire parla de l'exposition devant Augustine, qu'elle aimait beaucoup, et lui en expliqua le but. Le babil de madame Roguin inspira naturellement à Augustine le désir de voir les tableaux, et la hardiesse de demander secrètement à sa cousine de l'accompagner au Louvre. La cousine réussit dans la négociation qu'elle entama auprès de madame Guillaume pour obtenir la permission d'arracher sa petite cousine à ses tristes travaux pendant environ deux heures. La jeune fille pénétra donc, à travers la foule, jusqu'au tableau couronné. Un frisson la fit trembler comme une feuille de bouleau quand elle se reconnut. Elle eut peur, et regarda autour d'elle pour rejoindre madame Roguin, de qui elle avait été séparée par un flot de monde. En ce moment ses yeux effrayés rencontrèrent la figure enflammée du jeune peintre. Elle se rappela tout à coup la physionomie d'un promeneur que, curieuse, elle avait souvent remarqué, en croyant que c'était un nouveau voisin.

« Vous voyez ce que l'amour m'a inspiré », dit l'artiste à l'oreille de la timide créature qui resta tout épouvantée de ces paroles.

Elle trouva un courage surnaturel pour fendre la presse, et pour rejoindre sa cousine, encore occupée à percer la masse du monde qui l'empêchait d'arriver jusqu'au tableau.

« Vous seriez étouffée, s'écria Augustine, partons ! »

Mais il se rencontre, au Salon, certains moments pendant lesquels deux femmes ne sont pas toujours libres de diriger leurs pas dans les galeries. Mademoiselle Guillaume et sa cousine furent poussées à quelques pas du second tableau par suite des mouvements irréguliers que la foule leur imprima. Le hasard voulut qu'elles eussent la facilité d'approcher ensemble de la toile illustrée par la mode, d'accord cette fois avec le talent. L'exclamation de surprise que jeta la femme du notaire se perdit dans le brouhaha et les bourdonnements de la foule ; quant à Augustine, elle pleura involontairement à l'aspect de cette merveilleuse scène, et, par un sentiment presque inexplicable, elle mit un doigt sur ses lèvres en apercevant à deux pas d'elle la figure extatique du jeune artiste. L'inconnu répondit par un signe de tête et désigna madame Roguin, comme un trouble-fête, afin de montrer à Augustine qu'elle était comprise. Cette pantomime jeta comme un brasier dans le corps de la pauvre fille, qui se trouva criminelle, en se figurant qu'il venait de se conclure un pacte entre elle et l'artiste. Une chaleur étouffante, le continuel aspect des plus brillantes toilettes, et l'étourdissement que produisaient sur Augustine la variété des couleurs, la multitude des figures vivantes ou peintes, la profusion des cadres d'or, lui firent éprouver une espèce d'enivrement qui redoubla ses craintes. Elle se serait peut-être évanouie, si, malgré ce chaos de sensations, il ne s'était élevé au fond de son cœur une jouissance inconnue qui vivifia tout son être. Néanmoins, elle se crut sous l'empire de ce démon dont les terribles piéges lui étaient prédits par la tonnante parole des prédicateurs. Ce moment fut pour elle comme un moment de folie. Elle se vit accompagnée jusqu'à la voiture de sa cousine par ce jeune homme resplendissant de bonheur et d'amour. En proie à une irritation toute nouvelle, à une ivresse qui la livrait en quelque sorte à la nature, Augustine écouta la voix éloquente de son cœur, et regarda plusieurs fois le jeune peintre en laissant paraître le trouble qui la saisissait. Jamais l'incarnat de ses joues n'avait formé de plus vigoureux contrastes avec la blancheur de sa peau. L'artiste aperçut alors cette beauté dans toute sa fleur, cette pudeur dans toute sa gloire. Augustine éprouva une sorte de joie mêlée de terreur, en pensant que sa présence causait la félicité de celui dont le nom était sur toutes les lèvres, dont le talent donnait l'immortalité à de passagères images. Elle était aimée! il lui était impossible d'en douter. Quand elle ne vit plus l'artiste, ces paroles simples retentissaient encore dans son cœur : « Vous voyez ce que l'amour m'a inspiré. » Et les palpitations devenues plus profondes lui semblèrent une douleur, tant son sang plus ardent réveilla dans son être de puissances inconnues. Elle feignit d'avoir un grand mal de tête pour éviter de répondre aux questions de sa cousine relativement aux tableaux ; mais, au retour, madame Roguin ne put s'empêcher de parler à madame Guillaume de la célébrité obtenue par le Chat qui Pelote, et Augustine trembla de tous ses membres en entendant dire à sa mère qu'elle irait au Salon pour y voir sa maison. La jeune fille insista de nouveau sur sa souffrance, et obtint la permission d'aller se coucher.

« Voilà ce qu'on gagne à tous ces spectacles, s'écria monsieur Guillaume, des maux de tête. Est-ce donc bien amusant de voir en peinture ce qu'on rencontre tous les jours dans notre rue? Ne me parlez pas de ces artistes, qui sont, comme vos auteurs, des meurt-de-faim. Que diable ont-ils besoin de prendre ma maison pour la vilipender dans leurs tableaux?

— Cela pourra nous faire vendre quelques aunes de drap de plus », dit Joseph Lebas.

Cette observation n'empêcha pas que les arts et la pensée ne fussent condamnés encore une fois au tribunal du

Négoce. Comme on doit bien le penser, ces discours ne donnèrent pas grand espoir à Augustine, qui se livra pendant la nuit à la première méditation de l'amour. Les événements de cette journée furent comme un songe, qu'elle se plut à reproduire dans sa pensée. Elle s'initia aux craintes, aux espérances, aux remords, à toutes ces ondulations de sentiment qui devaient bercer un cœur simple et timide comme le sien. Quel vide elle reconnut dans cette noire maison, et quel trésor elle trouva dans son âme! Être la femme d'un homme de talent, partager sa gloire! Quels ravages cette idée ne devait-elle pas faire au cœur d'une enfant élevée au sein de cette famille! Quelle espérance ne devait-elle pas éveiller chez une jeune personne qui, nourrie jusque alors de principes vulgaires, avait désiré une vie élégante! Un rayon de soleil était tombé dans cette prison. Augustine aima tout à coup. En elle tant de sentiments étaient flattés à la fois, qu'elle succomba sans rien calculer. A dix-huit ans l'amour ne jette-t-il pas son prisme entre le monde et les yeux d'une jeune fille! Incapable de deviner les rudes chocs qui résultent de l'alliance d'une femme aimante avec un homme d'imagination, elle crut être appelée à faire le bonheur de celui-ci, sans apercevoir aucune disparate entre elle et lui. Pour elle, le présent fut tout l'avenir. Quand, le lendemain, son père et sa mère revinrent du Salon, leurs figures attristées annoncèrent quelque désappointement. D'abord, les deux tableaux avaient été retirés par le peintre; puis madame Guillaume avait perdu son châle de cachemire. Apprendre que les tableaux venaient de disparaître après sa visite au Salon fut pour Augustine la révélation d'une délicatesse de sentiment que les femmes savent toujours apprécier, même instinctivement.

Le matin où, rentrant d'un bal, Théodore de Sommervieux, tel était le nom que la renommée avait apporté dans le cœur d'Augustine, fut aspergé par les commis du Chat-qui-Pelote pendant qu'il attendait l'apparition de sa naïve amie, qui ne le savait certes pas là, les deux amants se voyaient pour la quatrième fois seulement depuis la scène du Salon. Les obstacles que le régime de la maison Guillaume opposait au caractère fougueux de l'artiste donnaient à sa passion pour Augustine une violence facile à concevoir. Comment aborder une jeune fille assise dans un comptoir entre deux femmes telles que mademoiselle Virginie et madame Guillaume? Comment correspondre avec elle quand sa mère ne la quittait jamais? Habile, comme tou les amants, à se forger des malheurs, Théodore se créai un rival dans l'un des commis, et mettait les autres dan les intérêts de son rival. S'il échappait à tant d'Argus, i se voyait échouant sous les yeux sévères du vieux négociant ou de madame Guillaume. Partout des barrières partout le désespoir! La violence même de sa passion empêchait le jeune peintre de trouver ces expédients ingénieux qui, chez les prisonniers comme chez les amants semblent être le dernier effort de la raison échauffée pa un sauvage besoin de liberté ou par le feu de l'amour Théodore tournait alors dans le quartier avec l'activité d'u fou, comme si le mouvement pouvait lui suggérer des ruses. Après s'être bien tourmenté l'imagination, il invent de gagner à prix d'or la servante joufflue. Quelques lettre furent donc échangées de loin en loin pendant la quinzain qui suivit la malencontreuse matinée où monsieur Guillaume et Théodore s'étaient si bien examinés. En ce moment, les deux jeunes gens étaient convenus de se voir une certaine heure du jour, et le dimanche, à Saint-Leu pendant la messe et les vêpres. Augustine avait envoyé son cher Théodore la liste des parents et des amis de la famille, chez lesquels le jeune peintre tâcha d'avoir accè afin d'intéresser à ses amoureuses pensées, s'il était possible, une de ces âmes occupées d'argent, de commerce, auxquelles une passion véritable devait sembler la spéculation la plus monstrueuse, une spéculation inouïe. D'ailleurs, rien ne changea dans les habitudes du Chat-qui-Pelote. Si Augustine fut distraite, si, contre toute espèc d'obéissance aux lois de la charte domestique, elle mont à sa chambre pour y aller, grâce à un pot de fleurs, établir des signaux; si elle soupira, si elle pensa enfin, personne, pas même sa mère, ne s'en aperçut. Cette circonstance causera quelque surprise à ceux qui auront compri l'esprit de cette maison, où une pensée entachée de poési devait produire un contraste avec les êtres et les choses où personne ne pouvait se permettre ni un geste ni un regard qui ne fussent vus et analysés. Cependant rien de plu naturel: le vaisseau si tranquille qui naviguait sur la me orageuse de la place de Paris sous le pavillon du Chat-qui-Pelote était la proie d'une de ces tempêtes qu'on pourrait nommer équinoxiales, à cause de leur retour périodique. Depuis quinze jours, les cinq hommes de l'équipage, madame Guillaume et mademoiselle Virginie, s'adonnaient à ce travail excessif désigné sous le nom d'*inventaire*. On remuait tous les ballots et l'on vérifiait l'aunage des pièces pour s'assurer de la valeur exacte du coupon restant. On examinait soigneusement la carte appendue au paquet pour reconnaître en quel temps les draps avaient été achetés. On fixait le prix actuel. Toujours debout, son aune à la main, la plume derrière l'oreille, monsieur Guillaume ressemblait à un capitaine commandant la manœuvre. Sa voix aiguë, passant par un judas pour interroger la profondeur des écoutilles du magasin d'en bas, faisait entendre ces barbares locutions du commerce, qui ne s'exprime que par énigmes : « Combien d'H N Z ? — Enlevé. — Que reste-t-il de Q X ? — Deux aunes. — Quel prix ? — Cinq cinq-trois. — Portez à trois A tout J J, tout M P, et le reste de V-D-O. » Mille autres phrases tout aussi intelligibles ronflaient à travers les comptoirs comme des vers de la poésie moderne que des romantiques se seraient cités afin d'entretenir leur enthousiasme pour un de leurs poètes. Le soir, Guillaume, enfermé avec son commis et sa femme, soldait les comptes, portait à nouveau, écrivait aux retardataires, et dressait des factures. Tous trois préparaient ce travail immense, dont le résultat tenait sur un carré de papier tellière, et prouvait à la maison Guillaume qu'il existait tant en argent, tant en marchandises, tant en traites et billets ; qu'elle ne devait pas un sou ; qu'il lui était dû cent ou deux cent mille francs ; que le capital avait augmenté ; que les fermes, les maisons, les rentes, allaient être ou arrondies, ou réparées, ou doublées. De là résultait la nécessité de recommencer avec plus d'ardeur que jamais à ramasser de nouveaux écus, sans qu'il vînt en tête à ces courageuses fourmis de se demander : A quoi bon ?

A la faveur de ce tumulte annuel, l'heureuse Augustine échappait à l'investigation de ses Argus. Enfin, un samedi soir, la clôture de l'inventaire eut lieu. Les chiffres du total actif offrirent assez de zéros pour qu'en cette circonstance Guillaume levât la consigne sévère qui régnait toute l'année au dessert. Le sournois drapier se frotta les mains, et permit à ses commis de rester à sa table. A peine chacun des hommes de l'équipage achevait-il son petit verre d'une liqueur de ménage, on entendit le roulement d'une voiture. La famille alla voir Cendrillon aux Variétés, tandis que les deux derniers commis reçurent chacun un écu de six francs et la permission d'aller où bon leur semblerait, pourvu qu'ils fussent rentrés à minuit.

Malgré cette débauche, le dimanche matin, le vieux marchand drapier fit sa barbe dès six heures, endossa son habit marron, dont les superbes reflets lui causaient toujours le même contentement; il attacha les boucles d'or aux oreilles de son ample culotte de soie; puis, vers sept heures, au moment où tout dormait encore dans la maison, il se dirigea vers le petit cabinet attenant à son magasin du premier étage. Le jour y venait d'une croisée armée de gros barreaux de fer, et qui donnait sur une petite cour carrée formée de murs si noirs qu'elle ressemblait assez à un puits. Le vieux négociant ouvrit lui-même ces volets garnis de tôle qu'il connaissait si bien, et releva une moitié du vitrage en le faisant glisser dans sa coulisse. L'air glacé de la cour vint rafraîchir la chaude atmosphère de ce cabinet, qui exhalait l'odeur particulière aux bureaux. Le marchand resta debout, la main posée sur le bras crasseux d'un fauteuil de canne doublé de maroquin dont la couleur primitive était effacée; il semblait hésiter à s'y asseoir. Il regarda d'un air attendri le bureau à double pupitre, où la place de sa femme se trouvait ménagée, dans le côté opposé à la sienne, par une petite arcade pratiquée dans le mur. Il contempla les cartons numérotés, les ficelles, les ustensiles, les fers à marquer le drap, la caisse, objets d'une origine immémoriale, et crut se revoir devant l'ombre évoquée du sieur Chevrel. Il avança le même tabouret sur lequel il s'était jadis assis en présence de son défunt patron. Ce tabouret garni de cuir noir, et dont le crin s'échappait depuis long-temps par les coins, mais sans se perdre, il le plaça d'une main tremblante au même endroit où son prédécesseur l'avait mis; puis, dans une agitation difficile à décrire, il tira la sonnette qui correspondait au chevet du lit de Joseph Lebas. Quand ce coup décisif eut été frappé, le vieillard, pour qui ces souvenirs furent sans doute trop lourds, prit trois ou quatre lettres de change qui lui avaient été présentées; il les regardait sans les voir, quand Joseph Lebas se montra soudain.

« Asseyez-vous là », lui dit Guillaume, en lui désignant le tabouret.

Comme jamais le vieux maître drapier n'avait fait asseoir son commis devant lui, Joseph Lebas tressaillit.

« Que pensez-vous de ces traites ? demanda Guillaume.

— Elles ne seront pas payées.

— Comment ?

— Mais j'ai su qu'avant hier Etienne et compagnie ont fait leurs paiements en or.

— Oh ! oh ! s'écria le drapier, il faut être bien malade pour laisser voir sa bile. Parlons d'autre chose. Joseph, l'inventaire est fini.

— Oui, Monsieur, et le dividende est un des plus beaux que vous ayez eus.

— Ne vous servez donc pas de ces nouveaux mots ! Dites le produit, Joseph. Savez-vous, mon garçon, que c'est un peu à vous que nous devons ces résultats ? Aussi ne veux-je plus que vous ayez d'appointements. Madame Guillaume m'a donné l'idée de vous offrir un intérêt. Hein, Joseph ! Guillaume et Lebas, ces mots ne feraient-ils pas une belle raison sociale ? On pourrait mettre *et compagnie* pour arrondir la signature. »

Les larmes vinrent aux yeux de Joseph Lebas, qui s'efforça de les cacher. « Ah ! monsieur Guillaume ! comment ai-je pu mériter tant de bontés ? Je ne fais que mon devoir. C'était déjà tant que de vous intéresser à un pauvre orph... »

Il brossait le parement de sa manche gauche avec la manche droite, et n'osait regarder le vieillard, qui souriait en pensant que ce modeste jeune homme avait sans doute besoin, comme lui, autrefois, d'être encouragé pour rendre l'explication complète.

« Cependant, reprit le père de Virginie, vous ne méritez pas beaucoup cette faveur, Joseph ! Vous ne mettez pas en moi autant de confiance que j'en mets en vous. Le commis releva brusquement la tête. Vous avez le secret de la caisse. Depuis deux ans je vous ai dit presque toutes mes affaires. Je vous ai fait voyager en fabrique. Enfin, pour vous je n'ai rien sur le cœur. Mais vous ?... vous avez une inclination, et ne m'en avez pas touché un seul mot. Joseph Lebas rougit. — Ah ! ah ! s'écria Guillaume, vous pensiez donc tromper un vieux renard comme moi ? moi ! à qui vous avez vu deviner la faillite Lecoq !

— Comment, Monsieur! répondit Joseph Lebas en examinant son patron avec autant d'attention que son patron l'examinait, comment, vous sauriez qui j'aime?

— Je sais tout, vaurien, lui dit le respectable et rusé marchand en lui tordant le bout de l'oreille. Et je pardonne, j'ai fait de même.

— Et vous me l'accorderiez?

— Oui, avec cinquante mille écus, et je t'en laisserai autant, et nous marcherons sur nouveaux frais avec une nouvelle raison sociale. Nous brasserons encore des affaires, garçon, s'écria le vieux marchand en se levant et agitant ses bras. Vois tu, mon gendre, il n'y a que le commerce! Ceux qui se demandent quels plaisirs on y trouve sont des imbéciles. Être à la piste des affaires, savoir gouverner sur la place, attendre avec anxiété, comme au jeu, si les Étienne et compagnie font faillite, voir passer un régiment de la garde impériale habillé de notre drap, donner un croc en jambe au voisin, loyalement s'entend! fabriquer à meilleur marché que les autres; suivre une affaire qu'on ébauche, qui commence, grandit, chancelle et réussit; connaître comme un ministre de la police tous les ressorts des maisons de commerce pour ne pas faire fausse route; se tenir debout devant les naufrages; avoir des amis, par correspondance, dans toutes les villes manufacturières, n'est-ce pas un jeu perpétuel, Joseph? Mais c'est vivre, ça! Je mourrai dans ce tracas là, comme le vieux Chevrel, n'en prenant cependant plus qu'à mon aise. » Dans la chaleur de sa plus forte improvisation, le père Guillaume n'avait presque pas regardé son commis, qui pleurait à chaudes larmes. « Eh bien! Joseph, mon pauvre garçon, qu'as tu donc?

— Ah! je l'aime tant, tant, monsieur Guillaume, que le cœur me manque, je crois...

— Eh bien! garçon, dit le marchand attendri, tu es plus heureux que tu ne crois, sarpejeu, car elle t'aime. Je le sais, moi! »

Et il cligna ses deux petits yeux verts en regardant son commis.

« Mademoiselle Augustine, mademoiselle Augustine! » s'écria Joseph Lebas dans son enthousiasme.

Il allait s'élancer hors du cabinet, quand il se sentit arrêté par un bras de fer, et son patron stupéfait le ramena vigoureusement devant lui.

« Qu'est-ce que fait donc Augustine dans cette affaire-là ? demanda Guillaume, dont la voix glaça sur-le-champ le malheureux Joseph Lebas.

— N'est-ce pas elle... que... j'aime ? » dit le commis en balbutiant.

Déconcerté de son défaut de perspicacité, Guillaume se rassit et mit sa tête pointue dans ses deux mains pour réfléchir à la bizarre position dans laquelle il se trouvait. Joseph Lebas, honteux et au désespoir, resta debout.

« Joseph, reprit le négociant avec une dignité froide, je vous parlais de Virginie. L'amour ne se commande pas, je le sais. Je connais votre discrétion, nous oublierons cela. Je ne marierai jamais Augustine avant Virginie. Votre intérêt sera de dix pour cent. »

Le commis, auquel l'amour donna je ne sais quel degré de courage et d'éloquence, joignit les mains, prit la parole, parla pendant un quart d'heure à Guillaume avec tant de chaleur et de sensibilité, que la situation changea. S'il s'était agi d'une affaire commerciale, le vieux négociant aurait eu des règles fixes pour prendre une résolution ; mais, jeté à mille lieues du commerce, sur la mer des sentiments, et sans boussole, il flotta irrésolu devant un événement si original, se disait-il. Entraîné par sa bonté naturelle, il battit un peu la campagne.

« Eh diantre, Joseph, tu n'es pas sans savoir que j'ai eu mes deux enfants à dix ans de distance ! Mademoiselle Chevrel n'était pas belle ; elle n'a cependant pas à se plaindre de moi. Fais donc comme moi. Enfin, ne pleure pas. Es-tu bête ? Que veux-tu ? cela s'arrangera peut-être, nous verrons. Il y a toujours moyen de se tirer d'affaire. Nous autres hommes nous ne sommes pas toujours comme des Céladons pour nos femmes. Tu m'entends ? Madame Guillaume est dévote, et... Allons, sarpejeu, mon enfant, donne ce matin le bras à Augustine pour aller à la messe.

Telles furent les phrases jetées à l'aventure par Guillaume. La conclusion qui les terminait ravit l'amoureux commis : il songeait déjà pour mademoiselle Virginie à l'un de ses amis, quand il sortit du cabinet enfumé en serrant la main de son futur beau-père, après lui avoir dit d'un petit air entendu que tout s'arrangerait au mieux.

— Que va penser madame Guillaume ? Cette idée tourmenta prodigieusement le brave négociant quand il fut seul.

Au déjeuner, madame Guillaume et Virginie, auxquelles le marchand drapier avait laissé provisoirement ignorer son désappointement, regardèrent assez malicieusement Joseph Lebas, qui resta grandement embarrassé. La pudeur du commis lui concilia l'amitié de sa belle-mère. La matrone redevint si gaie qu'elle regarda monsieur Guillaume en souriant, et se permit quelques petites plaisanteries d'un usage immémorial dans ces innocentes familles. Elle mit en question la conformité de la taille de Virginie et de celle de Joseph, pour leur demander de se mesurer. Ces niaiseries préparatoires attirèrent quelques nuages sur le front du chef de famille, et il afficha même un tel amour pour le décorum, qu'il ordonna à Augustine de prendre le bras du premier commis en allant à Saint-Leu. Madame Guillaume, étonnée de cette délicatesse masculine, honora son mari d'un signe de tête d'approbation. Le cortége partit donc de la maison dans un ordre qui ne pouvait suggérer aucune interprétation malicieuse aux voisins.

« Ne trouvez-vous pas, mademoiselle Augustine, disait le commis en tremblant, que la femme d'un négociant qui a un bon crédit, comme monsieur Guillaume, par exemple, pourrait s'amuser un peu plus que ne s'amuse madame votre mère, pourrait porter des diamants, aller en voiture? Oh! moi, d'abord, si je me mariais, je voudrais avoir toute la peine, et voir ma femme heureuse. Je ne la mettrais pas dans mon comptoir. Voyez-vous, dans la draperie, les femmes n'y sont plus aussi nécessaires qu'elles l'étaient autrefois. Monsieur Guillaume a eu raison d'agir comme il a fait, et d'ailleurs c'était le goût de son épouse. Mais qu'une femme sache donner un coup de main à la comptabilité, à la correspondance, au détail, aux commandes, à son ménage, afin de ne pas rester oisive, c'est tout. A sept heures, quand la boutique serait fermée, moi je m'amuserais, j'irais au spectacle et dans le monde. Mais vous ne m'écoutez pas?

— Si fait, monsieur Joseph. Que dites-vous de la peinture? C'est là un bel état.

— Oui, je connais un maître peintre en bâtiment, monsieur Lourdois, qui a des écus. »

En devisant ainsi, la famille atteignit l'église de Saint-Leu. Là, madame Guillaume retrouva ses droits, et fit mettre, pour la première fois, Augustine à côté d'elle. Virginie prit place sur la quatrième chaise à côté de Lebas. Pendant le prône, tout alla bien entre Augustine et Théodore qui, debout derrière un pilier, priait sa madone avec ferveur; mais, au lever-Dieu, madame Guillaume s'aperçut, un peu tard, que sa fille Augustine tenait son livre de messe au rebours. Elle se diposait à la gourmander vigoureusement, quand, rabaissant son voile, elle interrompit sa lecture et se mit à regarder dans la direction qu'affectionnaient les yeux de sa fille. A l'aide de ses besicles, elle vit le jeune artiste, dont l'élégance mondaine annonçait plutôt quelque capitaine de cavalerie en congé qu'un négociant du quartier. Il est difficile d'imaginer l'état violent dans lequel se trouva madame Guillaume, qui se flattait d'avoir parfaitement élevé ses filles, en reconnaissant dans le cœur d'Augustine un amour clandestin dont le danger lui fut exagéré par sa pruderie et son ignorance. Elle crut sa fille gangrenée jusqu'au cœur.

— Tenez d'abord votre livre à l'endroit, mademoiselle, dit-elle à voix basse, mais en tremblant de colère. Elle arracha vivement le Paroissien accusateur, et le remit de manière à ce que les lettres fussent dans leur sens naturel. — N'ayez pas le malheur de lever les yeux autre part que sur vos prières, ajouta-t-elle, autrement vous auriez affaire à moi. Après la messe, votre père et moi nous aurons à vous parler.

Ces paroles furent comme un coup de foudre pour la pauvre Augustine. Elle se sentit défaillir; mais, combattue entre la douleur qu'elle éprouvait et la crainte de faire un esclandre dans l'église, elle eut le courage de cacher ses angoisses. Cependant, il était facile de deviner l'état violent de son âme en voyant son Paroissien trembler et des larmes tomber sur chacune des pages qu'elle tournait. Au regard enflammé que lui lança madame Guillaume, l'artiste vit le péril où tombaient ses amours, et sortit, la rage dans le cœur, décidé à tout oser.

— Allez dans votre chambre, mademoiselle! dit madame Guillaume à sa fille en rentrant au logis; nous vous ferons appeler; et surtout, ne vous avisez pas d'en sortir.

La conférence que les deux époux eurent ensemble fut si secrète, que rien n'en transpira d'abord. Cependant, Virginie, qui avait encouragé sa sœur par mille douces représentations, poussa la complaisance jusqu'à se glisser auprès de la porte de la chambre à coucher de sa mère chez laquelle la discussion avait lieu, pour y recueill quelques phrases. Au premier voyage qu'elle fit du tro sième au second étage, elle entendit son père qui s'écriait

— Madame, vous voulez donc tuer votre fille ?

— Ma pauvre enfant, dit Virginie à sa sœur éploré papa prend ta défense !

— Et que veulent ils faire à Théodore ? demanda l'inn cente créature.

La curieuse Virginie redescendit alors; mais cette fo elle resta plus long-temps : elle apprit que Lebas aima Augustine. Il était écrit que, dans cette mémorable jou née, une maison ordinairement si calme serait un enfe Monsieur Guillaume désespéra Joseph Lebas en lui co fiant l'amour d'Augustine pour un étranger. Lebas, q avait averti son ami de demander mademoiselle Virgin en mariage, vit ses espérances renversées. Mademoisel Virginie, accablée de savoir que Joseph l'avait en quelq sorte refusée, fut prise d'une migraine. La zizanie sem entre les deux époux par l'explication que monsieur et ma dame Guillaume avaient eue ensemble, et où, pour troisième fois de leur vie, ils se trouvèrent d'opinions di férentes, se manifesta d'une manière terrible. Enfin, à qu tre heures après midi, Augustine, pâle, tremblante et le yeux rouges, comparut devant son père et sa mère. I pauvre enfant raconta naïvement la trop courte histoire ses amours. Rassurée par l'allocution de son père, qui l avait promis de l'écouter en silence, elle prit un certai courage en prononçant devant ses parents le nom de s cher Théodore de Sommervieux, et en fit malicieusemen sonner la particule aristocratique. En se livrant au charm inconnu de parler de ses sentiments, elle trouva assez d hardiesse pour déclarer avec une innocente fermeté qu'el aimait monsieur de Sommervieux, qu'elle le lui avait écri et ajouta, les larmes aux yeux : — Ce serait faire mo malheur que de me sacrifier à un autre.

— Mais, Augustine, vous ne savez donc pas ce que c'e qu'un peintre ? s'écria sa mère avec horreur.

— Madame Guillaume ! dit le vieux père en imposant silence à sa femme. — Augustine, dit-il, les artistes sont en général des meurt-de-faim. Ils sont trop dépensiers pou pas être toujours de mauvais sujets. J'ai fourni feu M. Jo seph Vernet, feu M. Lekain, feu M. Noverre. Ah ! si tu savais combien ce M. Noverre, M. le chevalier de Saint-Georges, et surtout M. Philidor, ont joué de tours à ce pauvre père Chevrel ! Ce sont de drôles de corps, je le sais bien. Ça vous a tous un babil, des manières... Ah ! jamais ton monsieur Sumer... Somm...

— De Sommervieux, mon père !

— Eh bien ! de Sommervieux, soit ! jamais il n'aura été aussi agréable avec toi que M. le chevalier de Saint-Georges le fut avec moi, le jour où j'obtins une sentence des consuls contre lui. Aussi était-ce des gens de qualité d'autrefois.

— Mais, mon père, monsieur le comte Théodore de Sommervieux est gentilhomme, et m'a écrit qu'il était riche. Son père s'appelait le chevalier de Sommervieux avant la révolution.

A ces paroles, M. Guillaume regarda sa terrible moitié, qui, en femme contrariée, frappait le plancher du bout du pied et gardait un morne silence ; elle évitait même de jeter ses yeux courroucés sur Augustine, et semblait laisser à M. Guillaume toute la responsabilité d'une affaire si grave, puisque ses avis n'étaient pas écoutés ; néanmoins, malgré son flegme apparent, quand elle vit son mari prenant si doucement son parti sur une catastrophe qui n'avait rien de commercial, elle s'écria : — En vérité, monsieur, vous êtes d'une faiblesse avec vos filles... mais...

Le bruit d'une voiture qui s'arrêta à la porte interrompit tout à coup la mercuriale que le négociant redoutait déjà. En un moment, madame Roguin se trouva au milieu de la chambre, et, regardant les trois acteurs de cette scène domestique : — Je sais tout, ma cousine, dit-elle d'un certain air de protection.

Madame Roguin avait un défaut, celui de croire que la femme d'un notaire de Paris pouvait jouer le rôle d'une petite-maîtresse.

— Je sais tout, répéta-t-elle, et je viens dans l'arche de Noé, comme la colombe, avec la branche d'olivier. J'ai lu cette allégorie dans le Génie du christianisme, dit-elle en se retournant vers madame Guillaume, la comparaison [illegible] Sommervieux est un [illegible]

trait fait de main de maître. Cela vaut au moins six mi
francs.

A ces mots, elle frappa doucement sur les bras de mo
sieur Guillaume. Le vieux négociant ne put s'empêcher
faire avec ses lèvres une grosse moue qui lui était partic
lière.

— Je connais beaucoup monsieur de Sommervieux, r
prit la colombe. Depuis une quinzaine de jours il vient
mes soirées, il en fait le charme. Il m'a conté toutes s
peines et m'a prise pour avocat. Je sais de ce matin qu
adore Augustine, et il l'aura. Ah ! cousine, n'agitez p
ainsi la tête en signe de refus. Apprenez qu'il sera créé b
ron, et qu'il vient d'être nommé chevalier de la Légio
d'Honneur par l'empereur lui-même, au Salon. Rogu
est devenu son notaire et connaît ses affaires. Eh bien
monsieur de Sommervieux possède en bons biens au sol
douze mille livres de rente. Savez-vous que le beau-pè
d'un homme comme lui peut devenir quelque chose, mai
de son arrondissement, par exemple ! N'avez-vous pas v
monsieur Dupont être fait comte de l'empire et sénate
pour être venu, en sa qualité de maire, complimenter l'en
pereur sur son entrée à Vienne. Oh ! ce mariage-là se fer
Je l'adore, moi, ce bon jeune homme. Sa conduite enve
Augustine ne se voit que dans les romans. Va, ma petit
tu seras heureuse, et tout le monde voudrait être à ta plac
J'ai chez moi, à mes soirées, madame la duchesse de Ca
rigliano qui raffole de monsieur de Sommervieux. Que
ques méchantes langues disent qu'elle ne vient chez m
que pour lui, comme si une duchesse d'hier était déplac
chez une Chevrel dont la famille a cent ans de bonne bou
geoisie.

— Augustine, reprit madame Roguin après une peti
pause, j'ai vu le portrait. Dieu ! qu'il est beau ! Sais-tu qu
l'empereur a voulu le voir ? Il a dit en riant au vice-co
nétable que, s'il y avait beaucoup de femmes comme cell
là à sa cour pendant qu'il y venait tant de rois, il se faisa
fort de maintenir toujours la paix en Europe. Est-ce flatteu

Les orages par lesquels cette journée avait commenc
devaient ressembler à ceux de la nature, en ramenant u
temps calme et serein. Madame Roguin déploya tant d
séduction dans ses discours, elle sut attaquer tant de co
des à la fois dans les cœurs secs de monsieur et de mad

me Guillaume, qu'elle finit par en trouver une dont elle tira parti. A cette singulière époque, le commerce et la finance avaient plus que jamais la folle manie de s'allier aux grands seigneurs, et les généraux de l'empire profitèrent assez bien de ces dispositions. Monsieur Guillaume s'élevait singulièrement contre cette déplorable passion. Ses axiomes favoris étaient que, pour trouver le bonheur, une femme devait épouser un homme de sa classe; on était toujours tôt ou tard puni d'avoir voulu monter trop haut; l'amour résistait si peu aux tracas du ménage, qu'il fallait trouver l'un chez l'autre des qualités bien solides pour être heureux; il ne fallait pas que l'un des deux époux en sût plus que l'autre, parce qu'on devait avant tout se comprendre; un mari qui parlait grec et la femme latin, risquaient de mourir de faim. Il avait inventé cette espèce de proverbe. Il comparait les mariages ainsi faits à ces anciennes étoffes de soie et de laine, dont la soie finissait toujours par couper la laine. Cependant, il se trouve tant de vanité au fond du cœur de l'homme, que la prudence du pilote qui gouvernait si bien le Chat-qui-pelote succomba sous l'agressive volubilité de madame Roguin. La sévère madame Guillaume, la première, trouva dans l'inclination de sa fille des motifs pour déroger à ces principes, et pour consentir à recevoir au logis monsieur de Sommervieux, qu'elle se promit de soumettre à un rigoureux examen.

Le vieux négociant alla trouver Joseph Lebas, et l'instruisit de l'état des choses. A six heures et demie, la salle à manger, illustrée par le peintre, réunit sous son toit de verre madame et monsieur Roguin, le jeune peintre et sa charmante Augustine, Joseph Lebas qui prenait son bonheur en patience, et mademoiselle Virginie dont la migraine avait cessé. Monsieur et madame Guillaume virent en perspective leurs enfants établis et les destinées du Chat-qui-pelote remises en des mains habiles. Leur contentement fut au comble, quand, au dessert, Théodore leur fit présent de l'étonnant tableau qu'ils n'avaient pu voir, et qui représentait l'intérieur de cette vieille boutique, à laquelle était dû tant de bonheur.

— C'est-y gentil! s'écria Guillaume. Dire qu'on voulait donner trente mille francs de cela.

— Mais c'est qu'on y trouve mes barbes, reprit madame Guillaume.

— Et ces étoffes dépliées, ajouta Lebas, on les prendrait avec la main.

— Les draperies font toujours très bien, répondit le peintre. Nous serions trop heureux, nous autres artistes modernes, d'atteindre à la perfection de la draperie antique.

— Vous aimez donc la draperie, s'écria le père Guillaume. Eh bien, sarpejeu! touchez là, mon jeune ami. Puisque vous estimez le commerce, nous nous entendrons. Eh pourquoi le mépriserait-on? Le monde a commencé par là, puisque Adam a vendu le paradis pour une pomme. Ça n'a pas été une fameuse spéculation, par exemple! Et le vieux négociant se mit à éclater d'un gros rire franc excité par le vin de Champagne qu'il faisait circuler généreusement. Le bandeau qui couvrait les yeux du jeune artiste fut si épais qu'il trouva ses futurs parents aimables. Il ne dédaigna pas de les égayer par quelques charges de bon goût. Aussi plut-il généralement. Le soir, quand le salon meublé de choses très cossues, pour se servir de l'expression de Guillaume, fut désert, pendant que madame Guillaume s'en allait de table en cheminée, de candélabre en flambeau, soufflant avec précipitation les bougies, le brave négociant, qui savait toujours voir clair aussitôt qu'il s'agissait d'affaires ou d'argent, attira sa fille Augustine auprès de lui; puis, après l'avoir prise sur ses genoux, il lui tint ce discours :

— Ma chère enfant, tu épouseras ton Sommervieux, puisque tu le veux; permis à toi de risquer ton capital de bonheur. Mais je ne me laisse pas prendre à ces trente mille francs que l'on gagne à gâter de bonnes toiles. L'argent qui vient si vite s'en va de même. N'ai-je pas entendu dire ce soir à ce jeune écervelé que, si l'argent était rond, c'était pour rouler? S'il est rond pour les gens prodigues, il est plat pour les gens économes qui l'empilent. Or, mon enfant, ce beau garçon-là parle de te donner des voitures, des diamants. Il a de l'argent, qu'il le dépense pour toi, *bene sit!* Je n'ai rien à y voir. Mais, quant à ce que je te donne, je ne veux pas que des écus si péniblement ensachés s'en aillent en carrosses ou en colifichets. Qui dépense trop n'est jamais riche. Avec les cent mille écus de ta dot on n'achète pas encore Paris. Tu as beau avoir à recueillir un jour quelques centaines de mille francs, je te les ferai attendre, sarpejeu! le plus long temps possible. J'ai donc attiré ton prétendu dans un coin, et un homme qui a amené la faillite Lecocq n'a pas eu grande peine à faire consentir un artiste à se marier séparé de biens avec sa femme. J'aurai l'œil au contrat pour bien faire stipuler les donations qu'il se propose de te constituer. Allons, mon enfant, j'espère être grand-père, sarpejeu ! je veux m'occuper déjà de mes petits-enfants. Jure-moi donc ici de ne jamais rien signer en fait d'argent que par mon conseil ; et, si j'allais trouver trop tôt le père Chevrel, jure-moi de consulter le jeune Lebas, ton beau-frère ; promets-le-moi.

— Oui, mon père, je vous le jure.

A ces mots prononcés d'une voix douce, le vieillard baisa sa fille sur les deux joues. Ce soir-là, tous les amants dormirent presque aussi paisiblement que monsieur et madame Guillaume.

Quelques mois après ce mémorable dimanche, le maître-autel de Saint-Leu fut témoin de deux mariages bien différents. Augustine et Théodore s'y présentèrent dans tout l'éclat du bonheur, les yeux pleins d'amour, parés de toilettes élégantes, attendus par un brillant équipage. Venue dans un bon remise avec sa famille, Virginie, appuyée sur le bras de son père, suivait sa jeune sœur humblement et dans de plus simples atours, comme une ombre nécessaire aux harmonies de ce tableau. Monsieur Guillaume s'était donné toutes les peines imaginables pour obtenir à l'église que Virginie fût mariée avant Augustine ; mais il eut la douleur de voir le haut et le bas clergé s'adresser en toute circonstance à la plus élégante des mariées. Il entendit quelques-uns de ses voisins approuver singulièrement le bon sens de mademoiselle Virginie, qui faisait, disaient-ils, le mariage le plus solide, et restait fidèle au quartier ; tandis qu'ils lancèrent quelques brocards suggérés par l'envie sur Augustine, qui épousait un artiste, un noble ; ils ajoutèrent avec une sorte d'effroi que, si les Guillaume avaient de l'ambition, la draperie était perdue. Un vieux marchand d'éventails ayant dit que ce mange-tout-là l'aurait bientôt mise sur la paille, le père Guillaume s'applaudit *in petto* de sa prudence dans les conventions matrimoniales. Le soir, la famille se sépara après un bal somptueux, suivi d'un de ces soupers plantureux dont le souvenir commence à se perdre dans la génération présente. Monsieur et madame Guillaume restèrent dans leur hôtel de la rue du Colombier, où la noce avait eu lieu. Monsieur et madame Lebas retournèrent dans leur remise à la vieille maison de la rue Saint Denis, pour y diriger la nau du Chat-qui-Pelote. L'artiste, ivre de bonheur, prit entre ses bras sa chère Augustine, l'enleva vivement quand leur coupé arriva rue des Trois-Frères, et la porta dans l'appartement, que tous les arts avaient embelli.

La fougue de passion qui possédait Théodore fit dévorer au jeune ménage près d'une année entière sans que le moindre nuage vînt altérer l'azur du ciel sous lequel ils vivaient. Pour ces deux amants, l'existence n'eut rien de pesant. Théodore répandait sur chaque journée d'incroyables *fioriture* de plaisirs. Il se plaisait à varier les emportements de la passion par la molle langueur de ces repos où les âmes sont lancées si haut dans l'extase, qu'elles semblent y oublier l'union corporelle. Incapable de réfléchir, l'heureuse Augustine se prêtait à l'allure onduleuse de son bonheur. Elle ne croyait pas faire encore assez en se livrant toute à l'amour permis et saint du mariage. Simple et naïve, elle ne connaissait d'ailleurs ni la coquetterie des refus, ni l'empire qu'une jeune demoiselle du grand monde se crée sur un mari par d'adroits caprices. Elle aimait trop pour calculer l'avenir, et n'imaginait pas qu'une vie si délicieuse pût jamais cesser. Heureuse d'être alors tous les plaisirs de son mari, elle crut que cet inextinguible amour serait toujours pour elle la plus belle de toutes les parures, comme son dévoûment et son obéissance seraient un éternel attrait. Enfin, la félicité de l'amour l'avait rendue si brillante, que sa beauté lui inspira de l'orgueil et lui donna la conscience de pouvoir toujours régner sur un homme aussi facile à enflammer que monsieur de Sommervieux. Ainsi son état de femme ne lui apporta d'autre enseignement que ceux de l'amour. Au sein de ce bonheur, elle resta l'ignorante petite fille qui vivait obscurément rue Saint-Denis, et ne pensa point à prendre les manières, l'instruction, le ton du monde dans lequel elle devait vivre. Ses paroles étant des paroles d'amour, elle y déployait bien une sorte de souplesse d'esprit et une certaine délicatesse d'expression ; mais elle se servait du langage commun à toutes les femmes quand elles se trouvent plongées dans la passion qui semble être leur élément. Si, par hasard, une idée discordante avec celles de Théodore était exprinée par Augustine, le jeune artiste en riait comme on rit des premières fautes que fait un étranger, mais qui finissent par fatiguer s'il ne se corrige pas.

Malgré tant d'amour, à l'expiration de cette année aussi charmante que rapide Sommervieux sentit un matin la nécessité de reprendre ses travaux et ses habitudes. Sa femme, d'ailleurs, était enceinte. Il revit ses amis. Pendant les longues souffrances de l'année où, pour la première fois, une jeune femme nourrit un enfant, il travailla sans doute avec ardeur; mais parfois il retourna chercher quelques distractions dans le grand monde. La maison de la duchesse de Carigliano attirait surtout le célèbre artiste. Quand Augustine fut rétablie, quand son fils ne réclama plus ces soins assidus qui interdisent à une mère les plaisirs du monde, Théodore en était arrivé à vouloir éprouver cette jouissance d'amour-propre que nous donne la société quand nous y apparaissons avec une belle femme, objet d'envie et d'admiration. Parcourir les salons en s'y montrant avec l'éclat emprunté de la gloire de son mari, se voir jalousée par les femmes, fut pour Augustine une nouvelle moisson de plaisirs; mais ce fut le dernier reflet que devait jeter son bonheur conjugal. Elle commença par offenser la vanité de son mari, quand, malgré de vains efforts, elle laissa percer son ignorance, l'impropriété de son langage et l'étroitesse de ses idées. Dompté pendant près de deux ans et demi par les premiers emportements de l'amour, le caractère de Sommervieux reprit, avec la tranquillité d'une possession moins jeune, sa pente et ses habitudes un moment détournées de leur cours. La poésie, la peinture et les exquises jouissances de l'imagination possèdent sur les esprits élevés des droits imprescriptibles. Ces besoins d'une âme forte n'avaient pas été trompés chez Théodore pendant ces deux années, ils avaient trouvé seulement une pâture nouvelle. Quand les champs de l'amour furent parcourus, quand l'artiste eut, comme les enfants, cueilli des roses et des bluets avec une telle avidité qu'il ne s'apercevait pas que ses mains ne pouvaient plus les tenir, la scène changea. Si le peintre montrait à sa femme les croquis de ses plus belles compositions, il l'entendait s'écrier comme eût fait le père Guillaume : — C'est bien joli! Cette admiration sans chaleur ne provenait pas d'un sentiment consciencieux, mais de la croyance sur parole de l'amour.

Augustine préférait un regard au plus beau tableau. Le seul sublime qu'elle connût était celui du cœur. Enfin Théodore ne put se refuser à l'évidence d'une vérité cruelle : sa femme n'était pas sensible à la poésie ; elle n'habitait pas sa sphère ; elle ne le suivait pas dans tous ses caprices, dans ses improvisations, dans ses joies, dans ses douleurs ; elle marchait terre à terre dans le monde réel, tandis qu'il avait la tête dans les cieux. Les esprits ordinaires ne peuvent pas apprécier les souffrances renaissantes de l'être qui, uni à un autre par le plus intime de tous les sentiments, est obligé de refouler sans cesse les plus chères expansions de sa pensée, et de faire rentrer dans le néant les images qu'une puissance magique le force à créer. Pour lui, ce supplice est d'autant plus cruel, que le sentiment qu'il porte à son compagnon ordonne, par sa première loi, de ne jamais rien se dérober l'un à l'autre, et de confondre les effusions de la pensée aussi bien que les épanchements de l'âme. On ne trompe pas impunément les volontés de la nature : elle est inexorable comme la Nécessité, qui, certes, est une sorte de nature sociale. Sommervieux se réfugia dans le calme et le silence de son atelier, en espérant que l'habitude de vivre avec des artistes pourrait former sa femme, et développerait en elle les germes de haute intelligence engourdis que quelques esprits supérieurs croient préexistants chez tous les êtres ; mais Augustine était trop sincèrement religieuse pour ne pas être effrayée du ton des artistes. Au premier dîner que donna Théodore, elle entendit un jeune peintre disant avec cette enfantine légèreté qu'elle ne sut pas reconnaître et qui absout une plaisanterie de toute irréligion : — Mais, madame, votre paradis n'est pas plus beau que la Transfiguration de Raphaël ? Eh bien, je me suis lassé de la regarder. Augustine apporta donc dans cette société spirituelle un esprit de défiance qui n'échappait à personne, elle gêna. Les artistes gênés sont impitoyables : ils fuient ou se moquent. Madame Guillaume avait, entre autres ridicules, celui d'outrer la dignité qui lui semblait l'apanage d'une femme mariée ; et quoiqu'elle s'en fût souvent moquée, Augustine ne sut pas se défendre d'une légère imitation de la pruderie maternelle. Cette exagération de pudeur, que n'évitent pas toujours les femmes vertueuses, suggéra quelques épigrammes à coups de crayon dont l'innocent badinage était de trop bon goût pour que Sommereux pût s'en fâcher. Ces plaisanteries eussent été même plus cruelles ; elles n'étaient après tout que des représailles exercées sur lui par ses amis. Mais rien ne pouvait être léger pour une âme qui recevait aussi facilement que celle de Théodore des impressions étrangères. Aussi éprouva-t-il insensiblement une froideur qui ne pouvait aller qu'en croissant. Pour arriver au bonheur conjugal, il faut gravir une montagne dont l'étroit plateau est bien près d'un revers aussi rapide que glissant, et l'amour du peintre le descendait. Il jugea sa femme incapable d'apprécier les considérations morales qui justifiaient, à ses propres yeux, la singularité de ses manières envers elle, et se crut fort innocent en lui cachant des pensées qu'elle ne comprenait pas et des écarts peu justiciables au tribunal d'une conscience bourgeoise. Augustine se renferma dans une douleur morne et silencieuse. Ces sentiments secrets mirent entre les deux époux un voile qui devait s'épaissir de jour en jour. Sans que son mari manquât d'égards envers elle, Augustine ne pouvait s'empêcher de trembler en le voyant réserver pour le monde les trésors d'esprit et de grâce qu'il venait jadis mettre à ses pieds. Bientôt elle interpréta fatalement les discours spirituels qui se tiennent dans le monde sur l'inconstance des hommes. Elle ne se plaignit pas, mais son attitude équivalait à des reproches. Trois ans après son mariage, cette femme jeune et jolie, qui passait si brillante dans son brillant équipage, qui vivait dans une sphère de gloire et de richesse enviée de tant de gens insouciants et incapables d'apprécier justement les situations de la vie, fut en proie à de violents chagrins ; ses couleurs pâlirent ; elle réfléchit, elle compara ; puis, le malheur lui déroula les premiers textes de l'expérience. Elle résolut de rester courageusement dans le cercle de ses devoirs, en espérant que cette conduite généreuse lui ferait recouvrer tôt ou tard l'amour de son mari ; mais il n'en fut pas ainsi. Quand Sommervieux, fatigué de travail, sortait de son atelier, Augustine ne cachait pas si promptement son ouvrage que le peintre ne pût apercevoir sa femme raccommodant avec toute la minutie d'une bonne ménagère le linge de la maison et le sien. Elle fournissait avec générosité, sans murmure, l'argent nécessaire aux prodigalités de son mari ; mais, dans le désir de conserver la fortune de son cher Théodore, elle se montrait économe soit pour elle, soit dans certains détails de l'administration domestique. Cette conduite est incompati avec le laisser-aller des artistes, qui, sur la fin de leur c rière, ont tant joui de la vie, qu'ils ne se demandent jam la raison de leur ruine. Il est inutile de marquer chac des dégradations de couleur par lesquelles la teinte brilla de leur lune de miel s'éteignit et les mit dans une profon obscurité. Un soir, la triste Augustine, qui depuis lon temps entendait son mari parler avec enthousiasme de n dame la duchesse de Carigliano, reçut d'une amie quelq avis méchamment charitables sur la nature de l'attach ment qu'avait conçu Sommervieux pour cette célèbre c quette de la cour impériale. A vingt et un ans, dans t l'éclat de la jeunesse et de la beauté, Augustine se vit tra pour une femme de trente-six ans. En se sentant malh reuse au milieu du monde et de ses fêtes désertes pour el la pauvre petite ne comprit plus rien à l'admiration qu'e y excitait ni à l'envie qu'elle inspirait. Sa figure prit u nouvelle expression. La mélancolie versa dans ses traits douceur de la résignation et la pâleur d'un amour dédaig Elle ne tarda pas à être courtisée par les hommes les pl séduisants; mais elle resta solitaire et vertueuse. Quelq paroles de dédain échappées à son mari lui donnère un incroyable désespoir. Une lueur fatale lui fit entrev les défauts de contact qui, par suite des mesquineries son éducation, empêchaient l'union complète de son â avec celle de Théodore; elle eut assez d'amour pour l'a soudre et pour se condamner. Elle pleura des larmes sang, et reconnut trop tard qu'il est des mésalliances d'e prits aussi bien que des mésalliances de mœurs et de rang En songeant aux délices printanières de son union, el comprit l'étendue du bonheur passé, et convint en elle m me qu'une si riche moisson d'amour était une vie entiè qui ne pouvait se payer que par du malheur. Cependa elle aimait trop sincèrement pour perdre toute espéranc Aussi osa-t-elle entreprendre à vingt et un ans de s'instrui et de rendre son imagination au moins digne de celle qu'el admirait.

— Si je ne suis pas poëte, se disait-elle, au moins comprendrai la poésie.

Et déployant alors cette force de volonté, cette énerg que les femmes possèdent toutes quand elles aiment, ma dame de Sommervieux tenta de changer son caractère, se mœurs et ses habitudes ; mais en dévorant des volumes, en apprenant avec courage, elle ne réussit qu'à devenir moins ignorante. La légèreté de l'esprit et les grâces de la conversation sont un don de la nature ou le fruit d'une éducation commencée au berceau. Elle pouvait apprécier la musique, en jouir, mais non chanter avec goût. Elle comprit la littérature et les beautés de la poésie, mais il était trop tard pour en orner sa rebelle mémoire. Elle entendait avec plaisir les entretiens du monde, mais elle n'y fournissait rien de brillant. Ses idées religieuses et ses préjugés d'enfance s'opposèrent à la complète émancipation de son intelligence. Enfin, il s'était glissé contre elle, dans l'âme de Théodore, une prévention qu'elle ne put vaincre. L'artiste se moquait de ceux qui lui vantaient sa femme, et ses plaisanteries étaient assez fondées : il imposait tellement à cette jeune et touchante créature, qu'en sa présence ou en tête à tête elle tremblait. Embarrassée par son trop grand désir de plaire, elle sentait son esprit et ses connaissances s'évanouir dans un seul sentiment. La fidélité d'Augustine déplut même à cet infidèle mari, qui semblait l'engager à commettre des fautes en taxant sa vertu d'insensibilité. Augustine s'efforça en vain d'abdiquer sa raison, de se plier aux caprices, aux fantaisies de son mari, et de se vouer à l'égoïsme de sa vanité ; elle ne recueillit pas le fruit de ses sacrifices. Peut-être avaient-ils tous deux laissé passer le moment où les âmes peuvent se comprendre. Un jour le cœur trop sensible de la jeune épouse reçut un de ces coups qui font si fortement plier les liens du sentiment, qu'on les croit rompus. Elle s'isola ; mais bientôt une fatale pensée lui suggéra d'aller chercher des consolations et des conseils au sein de sa famille.

Un matin donc elle se dirigea vers la grotesque façade de l'humble et silencieuse maison où s'était écoulée son enfance. Elle soupira en revoyant cette croisée d'où, un jour, elle avait envoyé un premier baiser à celui qui répandait aujourd'hui sur sa vie autant de gloire que de malheur. Rien n'était changé dans l'antre où se rajeunissait cependant le commerce de la draperie. La sœur d'Augustine occupait au comptoir antique la place de sa mère. La jeune affligée rencontra son beau-frère la plume derrière l'oreille ; elle fut à peine écoutée, tant il avait l'air affairé ; les redoutables signaux d'un inventaire général se faisaient autour de lui : aussi la quitta-t-il en la priant d'excuser. Elle fut reçue assez froidement par sa sœur, qui lui manifesta quelque rancune. En effet, Augustine, brillante et descendant d'un joli équipage, n'était jamais venue voir sa sœur qu'en passant. La femme du prudent Lebas s'imagina que l'argent était la cause première de cette visite matinale; elle essaya de se maintenir sur un ton de réserve qui fit sourire plus d'une fois Augustine. La femme du peintre vit que, sauf les barbes au bonnet, sa mère avait trouvé dans Virginie un successeur qui conservait l'antique honneur du Chat-qui-pelote. Au déjeuner, elle aperçut, dans le régime de la maison, certains changements qui faisaient honneur au bon sens de Joseph Lebas : les commis ne se levèrent pas au dessert, on leur laissait la faculté de parler, et l'abondance de la table annonçait une aisance sans luxe. La jeune élégante trouva les coupons d'une loge aux Français où elle se souvint d'avoir vu sa sœur de loin en loin. Madame Lebas avait sur les épaules un cachemire dont la magnificence attestait la générosité avec laquelle son mari s'occupait d'elle. Enfin, les deux époux marchaient avec leur siècle. Augustine fut bientôt pénétrée d'attendrissement, en reconnaissant, pendant les deux tiers de cette journée, le bonheur égal, sans exaltation, il est vrai, mais aussi sans orages, que goûtait ce couple convenablement assorti. Ils avaient accepté la vie comme une entreprise commerciale où il s'agissait de faire, avant tout, honneur à ses affaires. En ne rencontrant pas dans son mari un amour excessif, la femme s'était appliquée à le faire naître. Insensiblement amené à estimer, à chérir Virginie, le temps que le bonheur mit à éclore fut pour Joseph Lebas et pour sa femme un gage de durée. Aussi, lorsque la plaintive Augustine exposa sa situation douloureuse, eut-elle à essuyer le déluge de lieux communs que la morale de la rue Saint-Denis fournissait à sa sœur.

— Le mal est fait, ma femme, dit Joseph Lebas, il faut chercher à donner de bons conseils à notre sœur. Puis, l'habile négociant analysa lourdement les ressources que les lois et les mœurs pouvaient offrir à Augustine pour sortir de cette crise; il en numérota pour ainsi dire les considérations, les rangea par leur poids dans des espèces de catégories, comme s'il se fût agi de marchandises de diverses qualités; puis il les mit en balance, les pesa, et conclut en développant la nécessité où était sa belle-sœur de prendre un parti violent qui ne satisfit point l'amour qu'elle ressentait encore pour son mari. Aussi ce sentiment se réveilla-t-il dans toute sa force quand elle entendit Joseph Lebas parlant de voies judiciaires. Augustine remercia ses deux amis, et revint chez elle encore plus indécise qu'elle ne l'était avant de les avoir consultés. Elle hasarda de se rendre alors à l'antique hôtel de la rue du Colombier, dans le dessein de confier ses malheurs à son père et à sa mère, car elle ressemblait à ces malades arrivés à un état désespéré qui essayent de toutes les recettes et se confient même aux remèdes de bonne femme. Les deux vieillards reçurent leur fille avec une effusion de sentiment qui l'attendrit. Cette visite leur apportait une distraction qui pour eux valait un trésor. Depuis quatre ans ils marchaient dans la vie comme des navigateurs sans but et sans boussole. Assis au coin de leur feu, ils se racontaient l'un à l'autre tous les désastres du Maximum, leurs anciennes acquisitions de draps, la manière dont ils avaient évité les banqueroutes, et surtout cette célèbre faillite Lecocq, la bataille de Marengo du père Guillaume. Puis, quand ils avaient épuisé les vieux procès, ils récapitulaient les additions de leurs inventaires les plus productifs et se racontaient encore les vieilles histoires du quartier Saint-Denis. A deux heures, le père Guillaume allait donner un coup d'œil à l'établissement du Chat-qui-pelote; en revenant il s'arrêtait à toutes les boutiques, autrefois ses rivales, et dont les jeunes propriétaires espéraient entraîner le vieux négociant dans quelque escompte aventureux, que, selon sa coutume, il ne refusait jamais positivement. Deux bons chevaux normands mouraient de gras-fondu dans l'écurie de l'hôtel; madame Guillaume ne s'en servait que pour se faire traîner tous les dimanches à la grand'messe de sa paroisse. Trois fois par semaine ce respectable couple tenait table ouverte. Grâce à l'influence de son gendre Sommervieux, le père Guillaume avait été nommé membre du comité consultatif pour l'habillement des troupes. Depuis que son mari se trouvait ainsi placé haut dans l'administration, madame Guillaume [illegible] y ressemblait à une chapelle. L'économie et la prodigalité semblaient disputer dans chacun des accessoires de cet hôtel. L'on e dit que monsieur Guillaume avait eu en vue de faire un p cement d'argent jusque dans l'acquisition d'un flambea Au milieu de ce bazar dont la richesse accusait le désœ vrement des deux époux, le célèbre tableau de Somme vieux avait obtenu la place d'honneur, et faisait la co solation de monsieur et de madame Guillaume, qui tou naient vingt fois par jour les yeux harnachés de besicles v cette image de leur ancienne existence, pour eux si act et si amusante. L'aspect de cet hôtel et de ces apparteme où tout avait une senteur de vieillesse et de médiocrité, spectacle donné par ces deux êtres qui semblaient échou sur un rocher d'or loin du monde et des idées qui font viv surprirent Augustine. Elle contemplait en ce moment la conde partie du tableau dont le commencement l'av frappée chez Joseph Lebas, celui d'une vie agitée quoiq sans mouvement, espèce d'existence mécanique instinct semblable à celle des castors. Elle eut alors je ne sais q orgueil de ses chagrins en pensant qu'ils prenaient le source dans un bonheur de dix-huit mois qui valait à yeux mille existences comme celle dont le vide lui sembl horrible. Cependant elle cacha ce sentiment peu charitab et déploya pour ses vieux parents les grâces nouvelles son esprit, les coquetteries de tendresse que l'amour avait révélées, et les disposa favorablement à écouter doléances matrimoniales. Les vieilles gens ont un fai pour ces sortes de confidences. Madame Guillaume vou être instruite des plus légers détails de cette vie étrang qui pour elle avait quelque chose de fabuleux. Les voy ges du baron de La Hontan, qu'elle commençait toujo sans jamais les achever, ne lui apprirent rien de plus in sur les sauvages du Canada.

— Comment, mon enfant, ton mari s'enferme avec d femmes nues, et tu as la simplicité de croire qu'il les d sine ?

A cette exclamation, la grand'mère posa ses lunet sur une petite travailleuse, secoua ses jupons et plaça mains jointes sur ses genoux, élevés par une chaufferet son piédestal favori.

— Mais, ma mère, tous les peintres sont obligés d voir des modèles.

— Il s'est bien gardé de nous dire tout cela quand il t'a demandée en mariage. Si je l'avais su, je n'aurais pas donné ma fille à un homme qui fait un pareil métier. La religion défend ces horreurs-là, ça n'est pas moral. A quelle heure nous disais-tu donc qu'il rentre chez lui?

— Mais à une heure, deux heures...

Les deux époux se regardèrent dans un profond étonnement.

— Il joue donc? dit monsieur Guillaume. Il n'y avait que les joueurs qui, de mon temps, rentrassent si tard.

Augustine fit une petite moue qui repoussait cette accusation.

— Il doit te faire passer de cruelles nuits à l'attendre, reprit madame Guillaume. Mais, non, tu te couches, n'est-ce pas? Et quand il a perdu, le monstre te réveille.

— Non, ma mère, il est au contraire quelquefois très-gai. Assez souvent même, quand il fait beau, il me propose de me lever pour aller dans les bois.

— Dans les bois, à ces heures-là? Tu as donc un bien petit appartement, qu'il n'a pas assez de sa chambre, de ses salons, et qu'il lui faille ainsi courir pour... Mais c'est pour t'enrhumer, que le scélérat te propose ces parties-là. Il veut se débarrasser de toi. A-t-on jamais vu un homme établi, qui a un commerce tranquille, galopant ainsi comme un loup-garou?

— Mais, ma mère, vous ne comprenez donc pas que, pour développer son talent, il a besoin d'exaltation. Il aime beaucoup les scènes qui...

— Ah! je lui en ferais de belles, des scènes, moi, s'écria madame Guillaume en interrompant sa fille. Comment peux-tu garder des ménagements avec un homme pareil? D'abord, je n'aime pas qu'il ne boive que de l'eau. Ça n'est pas sain. Pourquoi montre-t-il de la répugnance à voir les femmes quand elles mangent? Quel singulier genre! Mais c'est un fou. Tout ce que tu nous en as dit n'est pas possible. Un homme ne peut pas partir de sa maison sans souffler mot et ne revenir que dix jours après. Il te dit qu'il a été à Dieppe pour peindre la mer. Est-ce qu'on peint la mer? Il te fait des contes à dormir debout.

Augustine ouvrit la bouche pour défendre son mari; mais madame Guillaume lui imposa silence par un geste de main auquel un reste d'habitude la fit obéir, et sa mère s'écria d'un ton sec : — Tiens, ne me parle pas de cet hom-me-là ! il n'a jamais mis le pied dans une église que pour te voir et t'épouser. Les gens sans religion sont capabl de tout. Est-ce que Guillaume s'est jamais avisé de me c cher quelque chose, de rester des trois jours sans me di ouf, et de babiller ensuite comme une pie borgne ?

— Ma chère mère, vous jugez trop sévèrement les ge supérieurs. S'ils avaient des idées semblables à celles d autres, ce ne seraient plus des gens à talent.

— Eh bien ! que les gens à talent restent chez eux ne se marient pas. Comment ! un homme à talent rend sa femme malheureuse ! et parce qu'il a du talent ce se bien ! Talent, talent ! Il n'y a pas tant de talent à dire com me lui blanc et noir à toute minute, à couper la paro aux gens, à battre du tambour chez soi, à ne jamais vo laisser savoir sur quel pied danser, à forcer une femme ne pas s'amuser avant que les idées de monsieur ne soie gaies, d'être triste dès qu'il est triste.

— Mais, ma mère, le propre de ces imaginations là...

— Qu'est-ce que c'est que ces imaginations là ? rep madame Guillaume en interrompant encore sa fille. Il a de belles, ma foi ! Qu'est ce qu'un homme auquel prend tout à coup, sans consulter de médecin, la fantais de ne manger que des légumes ? Encore, si c'était par r ligion, sa diète lui servirait à quelque chose ; mais il n' a pas plus qu'un huguenot. A-t-on jamais vu un homm aimer, comme lui, les chevaux plus qu'il n'aime son pr chain, se faire friser les cheveux comme un païen, couch des statues sous de la mousseline, faire fermer ses fenêtr le jour pour travailler à la lampe ? Tiens, laisse moi, s n'était pas si grossièrement immoral, il serait bon à mett aux Petites Maisons. Consulte monsieur Loraux, le vicai de Saint Sulpice, demande lui son avis sur tout cela : il dira que ton mari ne se conduit pas comme un chrétien.

— Oh ! ma mère ! pouvez vous croire ?

— Oui, je le crois ! Tu l'as aimé, tu n'aperçois rien ces choses là. Mais, moi, vers les premiers temps de s mariage, je me souviens de l'avoir rencontré dans l Champs Elysées. Il était à cheval. Eh bien ! il galopait p moments ventre à terre, et puis il s'arrêtait pour aller p à pas. Je me suis dit : — Voilà un homme qui n'a pas p gement.

— Ah ! s'écria monsieur Guillaume en se frottant les ains, comme j'ai bien fait de l'avoir mariée séparée de iens avec cet original là !

Quand Augustine eut l'imprudence de raconter les griefs éritables qu'elle avait à exposer contre son mari, les deux ieillards restèrent muets d'indignation. Le mot de divorce ut bientôt prononcé par madame Guillaume. Au mot e divorce, l'inactif négociant fut comme réveillé. Stimulé ar l'amour qu'il avait pour sa fille, et aussi par l'agitation u'un procès allait donner à sa vie sans événements, le père uillaume prit la parole. Il se mit à la tête de la demande n divorce, la dirigea, plaida presque; il offrit à sa fille de e charger de tous les frais, de voir les juges, les avoués, les vocats; de remuer ciel et terre. Madame de Sommervieux, ffrayée, refusa les services de son père, dit qu'elle ne oulait pas se séparer de son mari, dût-elle être dix fois lus malheureuse encore, et ne parla plus de ses chagrins. près avoir été accablée par ses parents de tous ces petits oins muets et consolateurs par lesquels les deux vieillards ssayèrent de la dédommager, mais en vain, de ses peines e cœur, Augustine se retira en sentant l'impossibilité de arvenir à faire bien juger les hommes supérieurs par des sprits faibles. Elle apprit qu'une femme devait cacher à out le monde, même à ses parents, des malheurs pour esquels on rencontre si difficilement des sympathies. Les rages et les souffrances des sphères élevées ne sont appréciées que par les nobles esprits qui les habitent. En toute hose nous ne pouvons être jugés que par nos pairs.

La pauvre Augustine se retrouva donc dans la froide atmosphère de son ménage, livrée à l'horreur de ses méditations. L'étude n'était plus rien pour elle, puisque l'étude e lui avait pas rendu le cœur de son mari. Initiée aux secrets de ces âmes de feu, mais privée de leurs ressources, lle participait avec force à leurs peines sans partager leurs laisirs. Elle s'était dégoûtée du monde, qui lui semblait esquin et petit devant les événements des passions. Enn, sa vie était manquée. Un soir, elle fut frappée d'une ensée qui vint illuminer ses ténébreux chagrins comme n rayon céleste. Cette idée ne pouvait sourire qu'à un œur aussi pur, aussi vertueux que l'était le sien. Elle résolut d'aller chez la duchesse de Carigliano, non pas pour ui redemander le cœur de son mari, mais pour s'y instruire des artifices qui le lui avaient enlevé, mais pour intéresser à la mère des enfants de son ami cette orgueilleuse femme du monde, mais pour la fléchir et la rendre complice de son bonheur à venir comme elle était l'instrument de son malheur présent.

Un jour donc, la timide Augustine, armée d'un courage surnaturel, monta en voiture, à deux heures après midi, pour essayer de pénétrer jusqu'au boudoir de la célèbre coquette, qui n'était jamais visible avant cette heure-là. Madame de Sommervieux ne connaissait pas encore les antiques et somptueux hôtels du faubourg Saint-Germain. Quand elle parcourut ces vestibules majestueux, ces escaliers grandioses, ces salons immenses ornés de fleurs malgré les rigueurs de l'hiver, et décorés avec ce goût particulier aux femmes qui sont nées dans l'opulence ou avec les habitudes distinguées de l'aristocratie, Augustine eut un affreux serrement de cœur. Elle envia les secrets de cette élégance de laquelle elle n'avait jamais eu l'idée. Elle respira un air de grandeur qui lui expliqua l'attrait de cette maison pour son mari. Quand elle parvint aux petits appartements de la duchesse, elle éprouva de la jalousie et une sorte de désespoir en y admirant la voluptueuse disposition des meubles, des draperies et des étoffes tendues. Là le désordre était une grâce, là le luxe affectait une espèce de dédain pour la richesse. Les parfums répandus dans cette douce atmosphère flattaient l'odorat sans l'offenser. Les accessoires de l'appartement s'harmoniaient avec une vue ménagée par des glaces sans tain sur les pelouses d'un jardin planté d'arbres verts. Tout était séduction, et le calcul ne s'y sentait point. Le génie de la maîtresse de ces appartements respirait tout entier dans le salon où attendait Augustine. Elle tâcha d'y deviner le caractère de sa rivale par l'aspect des objets épars ; mais il y avait là quelque chose d'impénétrable dans le désordre comme dans la symétrie, et pour la simple Augustine ce fut lettres closes. Tout ce qu'elle y put voir, c'est que la duchesse était une femme supérieure en tant que femme. Elle eut alors une pensée douloureuse.

— Hélas ! serait-il vrai, se dit-elle, qu'un cœur aimant et simple ne suffise pas à un artiste, et pour balancer le poids de ces âmes fortes faut-il les unir à des âmes féminines dont la puissance soit pareille à la leur ? Si j'avais été

evée comme cette sirène, au moins nos armes eussent
é égales au moment de la lutte.
— Mais je n'y suis pas ! Ces mots secs et brefs, quoique
ononcés à voix basse dans le boudoir voisin, furent en-
ndus par Augustine, dont le cœur palpita.
— Cette dame est là, répliqua la femme de chambre.
— Vous êtes folle, faites donc entrer ! répondit la du-
iesse, dont la voix devenue douce avait pris l'accent affec-
ieux de la politesse. Évidemment, elle désirait alors être
ntendue.
Augustine s'avança timidement. Au fond de ce frais bou-
oir elle vit la duchesse voluptueusement couchée sur une
ttomane en velours vert placée au centre d'une espèce de
mi cercle dessiné par les plis moelleux d'une mousseline
ndue sur un fond jaune. Des ornements de bronze doré,
sposés avec un goût exquis, rehaussaient encore cette
spèce de dais sous lequel la duchesse était posée comme
ne statue antique. La couleur foncée du velours ne lui lais-
ait perdre aucun moyen de séduction. Un demi jour, ami
e sa beauté, semblait être plutôt un reflet qu'une lumière.
uelques fleurs rares élevaient leurs têtes embaumées au
essus des vases de Sèvres les plus riches. Au moment où
e tableau s'offrit aux yeux d'Augustine étonnée, elle avait
iarché si doucement, qu'elle put surprendre un regard de
nchanteresse. Ce regard semblait dire à une personne que
femme du peintre n'aperçut pas d'abord : — Restez,
ous allez voir une jolie femme, et vous me rendrez sa vite moins ennuyeuse.
A l'aspect d'Augustine, la duchesse se leva et la fit as-
eoir auprès d'elle.
— A quoi dois-je le bonheur de cette visite, madame ?
t elle avec un sourire plein de grâces.
— Pourquoi tant de fausseté ? pensa Augustine, qui ne
épondit que par une inclination de tête.
Ce silence était commandé. La jeune femme voyait de-
ant elle un témoin de trop à cette scène. Ce personnage
ait, de tous les colonels de l'armée, le plus jeune, le plus
égant et le mieux fait. Son costume demi bourgeois fai-
ait ressortir les grâces de sa personne. Sa figure pleine de
e, de jeunesse, et déjà fort expressive, était encore ani-
iée par de petites moustaches relevées en pointe et noires
omme du jais, par une impériale bien fournie, par des

favoris soigneusement peignés et par une forêt de cheveux noirs assez en désordre. Il badinait avec une cravache, en manifestant une aisance et une liberté qui seyaient à l'air satisfait de sa physionomie ainsi qu'à la recherche de sa toilette. Les rubans attachés à sa boutonnière étaient noués avec dédain, et il paraissait bien plus vain de sa jolie tournure que de son courage. Augustine regarda la duchesse de Carigliano en lui montrant le colonel par un coup d'œil dont toutes les prières furent comprises.

— Eh bien, adieu, mon cher d'Aiglemont; nous nous retrouverons au bois de Boulogne.

Ces mots furent prononcés par la sirène comme s'ils étaient le résultat d'une stipulation antérieure à l'arrivée d'Augustine; elle les accompagna d'un regard menaçant que l'officier méritait peut-être pour l'admiration qu'il témoignait en contemplant la modeste fleur qui contrastait si bien avec l'orgueilleuse duchesse. Le jeune fat s'inclina en silence, tourna sur les talons de ses bottes, et s'élança gracieusement hors du boudoir. En ce moment, Augustine, épiant sa rivale, qui semblait suivre des yeux le brillant officier, surprit dans ce regard un sentiment dont les fugitives expressions sont connues de toutes les femmes. Elle songea avec la douleur la plus profonde que sa visite allait être inutile: cette artificieuse duchesse était trop avide d'hommages pour ne pas avoir le cœur sans pitié.

— Madame, dit Augustine d'une voix entrecoupée, la démarche que je fais en ce moment auprès de vous va vous sembler bien singulière; mais le désespoir a sa folie, et doit faire tout excuser. Je m'explique trop bien pourquoi Théodore préfère votre maison à toute autre et pourquoi votre esprit exerce tant d'empire sur lui. Hélas! je n'ai qu'à rentrer en moi-même pour en trouver des raisons plus que suffisantes. Mais j'adore mon mari, madame. Deux ans de larmes n'ont point effacé son image de mon cœur, quoique j'aie perdu le sien. Dans ma folie, j'ai osé concevoir l'idée de lutter avec vous; et je viens à vous, vous demander par quels moyens je puis triompher de vous-même. Oh! madame, s'écria la jeune femme en saisissant avec ardeur la main de sa rivale, qui la lui laissa prendre, je ne prierai jamais Dieu pour mon propre bonheur avec autant de ferveur que je l'implorerais pour le vôtre, si vous m'aidiez à reconquérir, je ne dis pas l'amour, mais l'amitié de Som nerveux. Je n'ai plus d'espoir qu'en vous. Ah! dites-moi comment vous avez pu lui plaire et lui faire oublier les premiers jours de....

A ces mots, Augustine, suffoquée par des sanglots mal contenus, fut obligée de s'arrêter. Honteuse de sa faiblesse, elle cacha son visage dans un mouchoir qu'elle inonda de ses larmes.

« Êtes-vous donc enfant, ma chère petite belle? » dit la duchesse qui, séduite par la nouveauté de cette scène et attendrie malgré elle en recevant l'hommage que lui rendait la plus parfaite vertu qui fût peut-être à Paris, prit le mouchoir de la jeune femme, et se mit à lui essuyer elle-même les yeux en la flattant par quelques monosyllabes murmurés avec une gracieuse pitié.

Après un moment de silence, la coquette, emprisonnant les jolies mains de la pauvre Augustine entre les siennes, qui avaient un rare caractère de beauté noble et de puissance, lui dit d'une voix douce et affectueuse : « Pour premier avis, je vous conseillerai de ne pas pleurer ainsi : les larmes enlaidissent. Il faut savoir prendre son parti sur les chagrins qui rendent malade, car l'amour ne reste pas longtemps sur un lit de douleur. La mélancolie donne bien d'abord une certaine grâce qui plaît, mais elle finit par allonger les traits et flétrir la plus ravissante de toutes les figures. Ensuite, nos tyrans ont l'amour-propre de vouloir que leurs esclaves soient toujours gaies.

— Ah, madame! il ne dépend pas de moi de ne pas sentir! Comment peut-on, sans éprouver mille morts, voir terne, décolorée, indifférente, une figure qui jadis rayonnait d'amour et de joie? Je ne sais pas commander à mon cœur.

— Tant pis, chère belle; mais je crois déjà savoir toute votre histoire. D'abord, imaginez-vous bien que, si votre mari vous a été infidèle, je ne suis pas sa complice. Si j'ai tenu à l'avoir dans mon salon, c'est, je l'avouerai, par amour-propre : il était célèbre et n'allait nulle part. Je vous aime déjà trop pour vous dire toutes les folies qu'il a faites pour moi. Je ne vous en révélerai qu'une seule, parce qu'elle nous servira peut-être à vous le ramener et à le punir de l'audace qu'il met dans ses procédés avec moi. Il finirait par me compromettre. Je connais trop le monde, ma chère, pour vouloir me mettre à la discrétion d'un homme trop supérieur. Sachez qu'il faut se laisser faire la cour par eux, mais les épouser! c'est une faute. Nous autres femmes, nous devons admirer les hommes de génie, en jouir comme d'un spectacle, mais vivre avec eux! jamais. Fi donc! c'est vouloir prendre plaisir à regarder les machines de l'Opéra, au lieu de rester dans une loge à y savourer ses brillantes illusions. Mais chez vous, ma pauvre enfant, le mal est arrivé, n'est ce pas? Eh bien! il faut essayer de vous armer contre la tyrannie.

— Ah! madame, avant d'entrer ici, en vous y voyant, j'ai déjà reconnu quelques artifices que je ne soupçonnais pas.

— Eh bien! venez me voir quelquefois, et vous ne serez pas long-temps sans posséder la science de ces bagatelles, d'ailleurs assez importantes. Les choses extérieures sont, pour les sots, la moitié de la vie; et, pour cela, plus d'un homme de talent se trouve un sot malgré tout son esprit. Mais je gage que vous n'avez jamais rien su refuser à Théodore?

— Le moyen, madame, de refuser quelque chose à celui qu'on aime?

— Pauvre innocente, je vous adorerais pour votre niaiserie. Sachez donc que, plus nous aimons, moins nous devons laisser apercevoir à un homme, surtout à un mari, l'étendue de notre passion. C'est celui qui aime le plus qui est tyrannisé, et, qui pis est, délaissé tôt ou tard. Celui qui veut régner doit...

— Comment, madame! faudra t il donc dissimuler, calculer, devenir fausse, se faire un caractère artificiel, et pour toujours? Oh! comment peut-on vivre ainsi? Est-ce que vous pouvez.... »

Elle hésita, la duchesse sourit.

« Ma chère, reprit la grande dame d'une voix grave, le bonheur conjugal a été de tout temps une spéculation, une affaire qui demande une attention particulière. Si vous continuez à parler passion quand je vous parle mariage, nous ne nous entendrons bientot plus. Ecoutez moi, continua-t-elle en prenant le ton d'une confidence. J'ai été à même de voir quelques uns des hommes supérieurs de notre époque. Ceux qui se sont mariés ont, à quelques exceptions près, épousé des femmes nulles. Eh bien! ces femmes-là les gouvernaient comme l'empereur nous gouverne, et étaient, sinon aimées, du moins respectées par eux. J'aime ssez les secrets, surtout ceux qui nous concernent, pour m'être amusée à chercher le mot de cette énigme. Eh bien! mon ange, ces bonnes femmes avaient le talent d'analyser le caractère de leurs maris. Sans s'épouvanter comme vous de leurs supériorités, elles avaient adroitement remarqué les qualités qui leur manquaient; et, soit qu'elles possédassent ces qualités, ou qu'elles feignissent de les avoir, elles trouvaient moyen d'en faire un si grand étalage aux yeux de leurs maris, qu'elles finissaient par leur imposer. Enfin, apprenez encore que ces âmes qui paraissent si grandes ont toutes un petit grain de folie que nous devons savoir exploiter. En prenant la ferme volonté de les dominer, en ne s'écartant jamais de ce but, en y rapportant toutes nos actions, nos idées, nos coquetteries, nous maîtrisons ces esprits éminemment capricieux, qui, par la mobilité même de leurs pensées, nous donnent les moyens de les influencer.

« Oh ciel! s'écria la jeune femme épouvantée, voilà donc la vie. C'est un combat.....

— Où il faut toujours menacer, reprit la duchesse en riant. Notre pouvoir est tout factice. Aussi ne faut-il jamais se laisser mépriser par un homme; on ne se relève d'une pareille chute que par des manœuvres odieuses. Venez, ajouta-t-elle, je vais vous donner un moyen de mettre votre mari à la chaîne. »

Elle se leva pour guider en souriant la jeune et innocente apprentie des ruses conjugales à travers le dédale de son petit palais. Elles arrivèrent toutes deux à un escalier dérobé qui communiquait aux appartements de réception. Quand la duchesse tourna le secret de la porte, elle s'arrêta, regarda Augustine avec un air inimitable de finesse et de grâce : « Tenez, le duc de Carigliano m'adore! eh bien, il n'ose pas entrer par cette porte sans ma permission. Et c'est un homme qui a l'habitude de commander à des milliers de soldats. Il sait affronter les batteries, mais devant moi il a peur! »

Augustine soupira. Elles parvinrent à une somptueuse galerie où la femme du peintre fut amenée par la duchesse devant le portrait que Théodore avait fait de mademoiselle Guillaume. A cet aspect, Augustine jeta un cri.

« Je savais bien qu'il n'était plus chez moi, dit elle, mais... ici!

— Ma chère petite, je ne l'ai exigé que pour voir jusqu'à quel degré de bêtise un homme de génie peut atteindre. Tôt ou tard il vous aurait été rendu par moi, car je ne m'attendais pas au plaisir de voir ici l'original devant la copie. Pendant que nous allons achever notre conversation, je le ferai porter dans votre voiture. Si, armée de ce talisman, vous n'êtes pas maîtresse de votre mari pendant cent ans, vous n'êtes pas une femme, et vous mériterez votre sort !

Augustine baisa la main de la duchesse, qui la pressa sur son cœur et l'embrassa avec une tendresse d'autant plus vive qu'elle devait être oubliée le lendemain. Cette scène aurait peut-être à jamais ruiné la candeur et la pureté d'une femme moins vertueuse qu'Augustine à qui les secrets révélés par la duchesse pouvaient être également salutaires et funestes. La politique astucieuse des hautes sphères sociales ne convenait pas plus à Augustine que l'étroite raison de Joseph Lebas, ni que la niaise morale de madame Guillaume. Étrange effet des fausses positions où nous jettent les moindres contresens commis dans la vie ! Augustine ressemblait alors à un pâtre des Alpes surpris par une avalanche : s'il hésite, ou s'il veut écouter les cris de ses compagnons, le plus souvent il périt. Dans ces grandes crises, le cœur se brise ou se bronze.

Madame de Sommervieux revint chez elle en proie à une agitation qu'il serait difficile de décrire. Sa conversation avec la duchesse de Carigliano éveillait une foule d'idées contradictoires dans son esprit. Comme les moutons de la fable, pleine de courage en l'absence du loup, elle se haranguait elle-même et se traçait d'admirables plans de conduite ; elle concevait mille stratagèmes de coquetterie ; elle parlait même à son mari, retrouvant, loin de lui, toutes les ressources de cette éloquence vraie qui n'abandonne jamais les femmes ; puis, en songeant au regard fixe et clair de Théodore, elle tremblait déjà. Quand elle demanda si monsieur était chez lui, la voix lui manqua. En apprenant qu'il ne reviendrait pas dîner, elle éprouva un mouvement de joie inexplicable. Semblable au criminel qui se pourvoit en cassation contre son arrêt de mort, un délai, quelque court qu'il pût être, lui semblait une vie entière. Elle plaça le portrait dans sa chambre, et attendit son mari en se livrant à toutes les angoisses de l'espérance. Elle pressentait trop bien que cette tentative allait décider de tout son avenir pour ne pas frissonner à toute espèce de bruit, même au murmure de sa pendule qui semblait appesantir ses terreurs en les lui mesurant. Elle tâcha de tromper le temps par mille artifices. Elle eut l'idée de faire une toilette qui la rendît semblable en tout point au portrait. Puis, connaissant le caractère inquiet de son mari, elle fit éclairer son appartement d'une manière inusitée, certaine qu'en rentrant la curiosité l'amènerait chez elle. Minuit sonna, quand, au cri du jockey, la porte de l'hôtel s'ouvrit. La voiture du peintre roula sur le pavé de la cour silencieuse.

— Que signifie cette illumination ? — demanda Théodore d'une voix joyeuse en entrant dans la chambre de sa femme.

Augustine saisit avec adresse un moment si favorable, elle s'élança au cou de son mari et lui montra le portrait. L'artiste resta immobile comme un rocher, et ses yeux se dirigèrent alternativement sur Augustine et sur la toilette accusatrice. La timide épouse, demi morte, qui épiait le front changeant, le front terrible de son mari, en vit par degrés les rides expressives s'amoncelant comme des nuages ; puis, elle crut sentir son sang se figer dans ses veines, quand, par un regard flamboyant et d'une voix profondément sourde, elle fut interrogée.

— Où avez-vous trouvé ce tableau ?

— La duchesse de Carigliano me l'a rendu.

— Vous le lui avez demandé ?

— Je ne savais pas qu'il fût chez elle.

La douceur ou plutôt la mélodie enchanteresse de la voix de cet ange eût attendri des cannibales, mais non un artiste en proie aux tortures de la vanité blessée.

— Cela est digne d'elle, s'écria l'artiste d'une voix tonnante. Je me vengerai ! dit-il en se promenant à grands pas. Elle en mourra de honte : je la peindrai ! oui, je la représenterai sous les traits de Messaline sortant à la nuit du palais de Claude.

— Théodore ! dit une voix mourante.

— Je la tuerai.

— Mon ami !

— Elle aime ce petit colonel de cavalerie, parce qu'il monte bien à cheval…

— Théodore !

— Eh ! laissez-moi, » dit le peintre à sa femme avec un son de voix qui ressemblait presque à un rugissement.

Il serait odieux de peindre toute cette scène à la fin de laquelle l'ivresse de la colère suggéra à l'artiste des paroles et des actes qu'une femme moins jeune qu'Augustine aurait attribués à la démence.

Sur les huit heures du matin, le lendemain, madame Guillaume surprit sa fille pâle, les yeux rouges, la coiffure en désordre, tenant à la main un mouchoir trempé de pleurs, contemplant sur le parquet les fragments épars d'une toilette déchirée et les morceaux d'un grand cadre doré mis en pièces. Augustine, que la douleur rendait presque insensible, montra ces débris par un geste empreint de désespoir.

— Et voilà peut-être une grande perte, s'écria la vieille régente du Chat-qui-Pelote. Il était ressemblant, c'est vrai ; mais j'ai appris qu'il y a sur le boulevart un homme qui fait des portraits pour cinquante écus.

— Ah ! ma mère !

— Pauvre petite, tu as bien raison ! répondit madame Guillaume, qui méconnut l'expression du regard que lui jeta sa fille. Va, mon enfant, l'on n'est jamais si tendrement aimé que par sa mère. Ma mignonne, je devine tout ; mais viens me confier tes chagrins, je te consolerai. Ne t'ai-je pas déjà dit que cet homme-là était un fou ! Ta femme de chambre m'a conté de belles choses... Mais c'est donc un véritable monstre !

Augustine mit un doigt sur ses lèvres pâlies, comme pour implorer de sa mère un moment de silence. Pendant cette terrible nuit, le malheur lui avait fait trouver cette patiente résignation qui, chez les mères et chez les femmes aimantes, surpasse, dans ses effets, l'énergie humaine, et révèle peut-être dans le cœur des femmes l'existence de cordes que Dieu a refusées à l'homme.

Une inscription sur un cippe du cimetière Montmartre indique que madame de Sommervieux est morte à vingt-sept ans. Dans les simples lignes de son épitaphe un ami de cette timide créature voyait la dernière scène d'un drame. Chaque année, au jour solennel du 2 novembre, il ne passe jamais devant ce jeune marbre sans se demander s'il ne faut pas des femmes plus fortes que ne l'était Augustine pour les puissantes étreintes du génie.

« Les humbles et modestes fleurs, écloses dans les vallées, meurent peut-être, se dit il, quand elles sont transplantées trop près des cieux, aux régions où se forment les orages, où le soleil est brûlant. »

Maffliers, octobre 1829.

LA FAUSSE MAITRESSE.

DÉDIÉ A LA COMTESSE CLARA MAFFEI.

Au mois de septembre 1835, une des plus riches héritières du faubourg Saint-Germain, mademoiselle du Rouvre, fille unique du marquis du Rouvre, épousa le comte Adam Mitgislas Laginski, jeune Polonais proscrit.

Qu'il soit permis d'écrire les noms comme ils se prononcent, pour épargner aux lecteurs l'aspect des fortifications de consonnes par lesquelles la langue slave protége ses voyelles, sans doute afin de ne pas les perdre, vu leur petit nombre.

Le marquis du Rouvre avait presque entièrement dissipé l'une des plus belles fortunes de la noblesse, et à laquelle il dut autrefois son alliance avec une demoiselle de Ronquerolles. Ainsi, du côté maternel, Clémentine du Rouvre avait pour oncle le marquis de Ronquerolles, et pour tante madame de Sérizy. Du côté paternel, elle jouissait d'un autre oncle dans la bizarre personne du chevalier du Rouvre, cadet de la maison, vieux garçon devenu riche en trafiquant sur les terres et sur les maisons. Le marquis de Ronquerolles eut le malheur de perdre ses deux enfants à l'invasion du choléra. Le fils unique de madame de Sérizy, jeune militaire de la plus haute espérance, périt en Afrique à l'affaire de la Macta. Aujourd'hui les familles riches sont entre le danger de ruiner leurs enfants si elles en ont trop, ou celui de s'éteindre en s'en tenant à un ou deux, un singulier effet du Code civil auquel Napoléon n'a pas songé. Par un effet du hasard, malgré les dissipations insensées du marquis du Rouvre pour Florine, une des plus charmantes actrices de Paris, Clémentine devint donc une héritière. Le marquis de Ronquerolles, un des plus habiles diplomates de la nouvelle dynastie, sa sœur, madame de Sérizy, et le chevalier du Rouvre, convinrent, pour sauver leurs fortunes des griffes du marquis, d'en disposer en faveur de leur nièce, à laquelle ils promirent d'assurer, au jour de son mariage, chacun dix mille francs de rente.

Il est parfaitement inutile de dire que le Polonais, quoique réfugié, ne coûtait absolument rien au gouvernement français. Le comte Adam appartient à l'une des plus vieilles et des plus illustres familles de la Pologne, alliée à la plupart des maisons princières de l'Allemagne, aux Sapiéha, aux Radziwill, aux Mniszech, aux Rzewuski, aux Czartoriski, aux Leszczinski, aux Iabloncski, aux Lubomirski, enfin à tous les grands noms sarmates. Mais les connaissances héraldiques ne sont pas ce qui distingue la France sous Louis-Philippe, et cette noblesse ne pouvait être une recommandation auprès de la bourgeoisie, qui trônait alors. D'ailleurs, quand, en 1833, Adam se montra sur le boulevard des Italiens, à Frascati, au Jockey-Club, il mena la vie d'un jeune homme qui, perdant ses espérance politiques, retrouvait ses vices et son amour pour le plaisir. On le prit pour un étudiant. La nationalité polonaise, par l'effet d'une odieuse réaction gouvernementale, était alors tombée aussi bas que les républicains la voulaient mettre haut. La lutte étrange du Mouvement contre la Résistance, deux mots qui seront inexplicables dans trente ans, fit un jouet de ce qui devait être si respectable : le nom d'une nation vaincue à qui la France accordait l'hospitalité, pour qui l'on inventait des fêtes, pour qui l'on chantait et l'on dansait par souscription ; enfin une nation qui, lors de la lutte entre l'Europe et la France, lui avait offert six mille hommes en 1796, et quels hommes ! N'allez pas inférer de ceci que l'on veuille donner tort à l'empereur Nicolas contre la Pologne, ou à la Pologne contre l'empereur Nicolas. Ce serait d'abord une assez sotte chose que de glisser des discussions politiques dans un récit qui doit amuser ou intéresser. Puis, la Russie ou la Pologne avaient également raison, l'une de vouloir l'unité de son empire, l'autre de vouloir redevenir libre. Disons en passant que la Pologne pouvait conquérir la Russie par l'influence de ses mœurs, au lieu de la combattre par les armes, en imitant les Chinois, qui ont fini par chinoiser les Tartares, et qui chinoiseront les Anglais, il faut l'espérer. La Pologne devait poloniser la Russie ; Poniatowski l'avait essayé dans la région la moins tempérée de l'empire ; mais ce gentilhomme fut un roi d'autant plus incompris que peut-être ne se comprenait-il pas bien lui-même. Comment n'aurait-on pas haï de pauvres gens qui furent la cause de l'horrible mensonge commis pendant la revue où tout Paris demandait à secourir la Pologne? On feignit de regarder les Polonais comme les alliés du parti républicain, sans songer que la Pologne était une république aristocratique. Dès lors la bourgeoisie accabla de ses ignobles dédains le Polonais, que l'on déifiait quelques jours auparavant. Le vent d'une émeute a toujours fait varier les Parisiens du nord au midi, sous tous les régimes. Il faut bien rappeler ces revirements de l'opinion parisienne pour expliquer comment le mot Polonais était, en 1835, un qualificatif dérisoire chez le peuple qui se croit le plus spirituel et le plus poli du monde, au centre des lumières, dans une ville qui tient aujourd'hui le sceptre des arts et de la littérature. Il existe, hélas! deux sortes de Polonais réfugiés, le Polonais républicain, fils de Lelewel, et le noble Polonais du parti à la tête duquel se place le prince Czartoriski. Ces deux sortes de Polonais sont l'eau et le feu ; mais pourquoi leur en vouloir? Ces divisions ne se sont elles pas toujours remarquées chez les réfugiés, à quelque nation qu'ils appartiennent, n'importe en quelles contrées ils aillent? On porte son pays et ses haines avec soi. A Bruxelles, deux prêtres français émigrés manifestaient une profonde horreur l'un contre l'autre, et, quand on demanda pourquoi à l'un d'eux, il répondit en montrant son compagnon de misère : « C'est un janséniste. » Dante eût volontiers poignardé dans son exil un adversaire des Blancs. Là gît la raison des attaques dirigées contre le vénérable prince Adam Czartoriski par les radicaux français, et celle de la défaveur répandue sur une partie de l'émigration polonaise par les César de la boutique et les Alexandre de la patente. En 1834, Adam Mitgislas Laginski eut donc contre lui les plaisanteries parisiennes.

« Il est gentil, quoique Polonais, disait de lui Rastignac.

— Tous ces Polonais se prétendent grands seigneurs, disait Maxime de Trailles, mais celui-ci paie ses dettes de jeu ; je commence à croire qu'il a eu des terres.

Sans vouloir offenser des bannis, il est permis de faire observer que la légèreté, l'insouciance, l'inconsistance du caractère sarmate, autorisèrent les médisances des Parisiens, qui d'ailleurs ressembleraient parfaitement aux Polonais en semblable occurrence. L'aristocratie française, si admirablement secourue par l'aristocratie polonaise pendant la révolution, n'a certes pas rendu la pareille à l'émigration forcée de **1832**. Ayons le triste courage de le dire, le faubourg Saint-Germain est encore en ceci débiteur de la Pologne.

Le comte Adam était-il riche, était-il pauvre, était-ce un aventurier ? ce problème resta pendant long-temps indécis. Les salons de la diplomatie, fidèles à leurs instructions, imitèrent le silence de l'empereur Nicolas, qui considérait alors comme mort tout émigré polonais. Les Tuileries et la plupart de ceux qui y prennent leur mot d'ordre donnèrent une horrible preuve de cette qualité politique décorée du titre de sagesse. On y méconnut un prince russe avec qui l'on fumait des cigares pendant l'émigration, parce qu'il paraissait avoir encouru la disgrâce de l'empereur Nicolas. Placés entre la prudence de la cour et celle de la diplomatie, les Polonais de distinction vivaient dans la solitude biblique de *Super flumina Babylonis*, ou hantaient certains salons qui servent de terrain neutre à toutes les opinions. Dans une ville de plaisir comme Paris, où les distractions abondent à tous les étages, l'étourderie polonaise trouva deux fois plus de motifs qu'il ne lui en fallait pour mener la vie dissipée des garçons. Enfin, disons-le, Adam eut d'abord contre lui sa tournure et ses manières. Il y a deux Polonais comme il y a deux Anglaises. Quand une Anglaise n'est pas très belle, elle est horriblement laide, et le comte Adam appartient à la seconde catégorie. Sa petite figure, assez aigre de ton, semble avoir été pressée dans un étau. Son nez court, ses cheveux blonds, ses moustaches et sa barbe rousses lui donnent d'autant plus l'air d'une chèvre qu'il est petit, maigre, et que ses yeux d'un jaune sale vous saisissent par ce regard oblique si célèbre par le vers de Virgile. Comment, malgré tant de conditions défavorables, possède-t-il des manières et un ton exquis ? La solution de ce problème s'explique et par une tenue de dandy, et par l'éducation due à sa mère, une Radziwill. Si son courage va jusqu'à la témérité, son esprit ne dépasse point les plaisanteries courantes et éphémères de la conversation parisienne ; mais il ne rencontre pas souvent parmi les jeunes gens à la mode un garçon qui lui soit supérieur. Les gens du monde causent aujourd'hui beaucoup trop chevaux, revenus, impôts, députés, pour que la conversation française reste ce qu'elle fut. L'esprit veut du loisir et certaines inégalités de position. On cause peut-être mieux à Pétersbourg et à Vienne qu'à Paris. Des égaux n'ont plus besoin de finesses, ils se disent alors tout *bêtement* les choses comme elles sont. Les moqueurs de Paris retrouvèrent donc difficilement un grand seigneur dans une espèce d'étudiant léger qui, dans le discours, passait avec insouciance d'un sujet à un autre, qui courait après les amusements avec d'autant plus de fureur qu'il venait d'échapper à de grands périls, et que, sorti de son pays, où sa famille était connue, il se crut libre de mener une vie décousue sans courir les risques de la déconsidération.

Un beau jour, en 1834, Adam acheta, rue de la Pépinière, un hôtel. Six mois après cette acquisition, sa tenue égala celle des plus riches maisons de Paris. Au moment où Laginski commençait à se faire prendre au sérieux, il vit Clémentine aux Italiens et devint amoureux d'elle. Un an après, le mariage eut lieu. Le salon de madame d'Espard donna le signal des louanges. Les mères de famille apprirent trop tard que, dès l'an neuf cent, les Laginski se comptaient parmi les familles illustres du Nord. Par un trait de prudence anti-polonaise, la mère du jeune comte avait, au moment de l'insurrection, hypothéqué ses biens d'une somme immense prêtée par deux maisons juives et placée dans les fonds français. Le comte Adam Laginski possédait quatre-vingt mille francs de rente. On ne s'étonna plus de l'imprudence avec laquelle, selon beaucoup de salons, madame de Serizy, le vieux diplomate Ronquerolles et le chevalier du Rouvre cédaient à la folle passion de leur nièce. On passa, comme toujours, d'un extrême à l'autre. Pendant l'hiver de 1836 le comte Adam fut à la mode, et Clémentine Laginska devint une des reines de Paris. Madame de Laginska fait aujourd'hui partie de ce harmant groupe de jeunes femmes où brillent mesdames e l'Estorade, de Portenduère, Marie de Vandenesse, du uénic et de Maufrigneuse, les fleurs du Paris actuel, qui ivent à une grande distance des parvenus, des bourgeois t des faiseurs de la nouvelle politique.

Ce préambule était nécessaire pour déterminer la sphère ans laquelle s'est passée une de ces actions sublimes, ioins rares que les détracteurs du temps présent ne le roient, qui sont, comme les belles perles, le fruit d'une ouffrance ou d'une douleur, et qui, semblables aux per-es, sont cachées sous de rudes écailles, perdues enfin au ond de ce gouffre, de cette mer, de cette onde incessam-ient remuée, nommée le monde, le siècle, Paris, Lon-res ou Pétersbourg, comme vous voudrez!

Si jamais cette vérité, que l'architecture est l'expression es mœurs, fut démontrée, n'est-ce pas depuis l'insurrec-on de 1830, sous le règne de la maison d'Orléans? Tou-s les fortunes se rétrécissant en France, les majestueux ôtels de nos pères sont incessamment démolis et rempla-és par des espèces de phalanstères où le pair de France e Juillet habite un troisième étage au dessus d'un empiri-ue enrichi. Les styles sont confusément employés. Comme n'existe plus de Cour, ni de noblesse pour donner le ton, n ne voit aucun ensemble dans les productions de l'art. e son côté, jamais l'architecture n'a découvert plus de ioyens économiques pour singer le vrai, le solide, et n'a éployé plus de ressources, plus de génie dans les distri-utions. Proposez à un artiste la lisière du jardin d'un vieil ôtel abattu, il vous y bâtit un petit Louvre écrasé d'orne-ients; il y trouve une cour, des écuries, et, si vous y enez, un jardin; à l'intérieur, il accumule tant de petites ièces et de dégagements, il sait si bien tromper l'œil, qu'on y croit à l'aise; enfin il y foisonne tant de logements, u'une famille ducale fait ses évolutions dans l'ancien four-il d'un président à mortier.

L'hôtel de la comtesse Laginska, rue de la Pépinière, ne de ces créations modernes, est entre cour et jardin. A roite, dans la cour, s'étendent les communs, auxquels épondent à gauche les remises et les écuries. La loge du oncierge s'élève entre deux charmantes portes cochères. e grand luxe de cette maison consiste en une charmante erre agencée à la suite d'un boudoir au rez de chaussée, où se déploient d'admirables appartements de réception. Un philanthrope chassé d'Angleterre avait bâti cette bijouterie architecturale, construit la serre, dessiné le jardin, verni les portes, briqueté les communs, verdi les fenêtres, et réalisé l'un de ces rêves pareils, toute proportion gardée, à celui de Georges IV à Brighton. Le fécond, l'industrieux, le rapide ouvrier de Paris lui avait sculpté ses portes et ses fenêtres. On lui avait imité les plafonds du moyen âge ou ceux des palais vénitiens, et prodigué les placages de marbre en tableaux extérieurs. Antonin Moine et Feuchères travaillèrent les dessus de portes et les cheminées. Schinner avait magistralement peint les plafonds. Les merveilles de l'escalier, blanc comme le bras d'une femme, défiaient celles de l'hôtel Rothschild. A cause des émeutes, le prix de cette folie ne monta pas à plus de onze cent mille francs. Pour un Anglais ce fut donné. Tout ce luxe, dit princier par des gens qui ne savent plus ce qu'est un vrai prince, tenait dans l'ancien jardin de l'hôtel d'un fournisseur, un des Crésus de la révolution, mort à Bruxelles en faillite après un sens-dessus dessous de Bourse. L'Anglais mourut à Paris de Paris, car pour bien des gens Paris est une maladie; il est quelquefois plusieurs maladies. Sa veuve, une méthodiste, manifesta la plus grande horreur pour la petite maison du nabab. Ce philanthrope était un marchand d'opium. La pudique veuve ordonna de vendre le scandaleux immeuble au moment où les émeutes mettaient en question la paix à tout prix. Le comte Adam profita de cette occasion, vous saurez comment, car rien n'était moins dans ses habitudes de grand seigneur.

Derrière cette maison, bâtie en pierre brodée comme melon, s'étale le velours vert d'une pelouse anglaise, ombragée au fond par un élégant massif d'arbres exotiques, d'où s'élance un pavillon chinois avec ses clochettes muettes et ses œufs dorés immobiles. La serre et ses constructions fantastiques déguisent le mur de clôture au midi. L'autre mur qui fait face à la serre est caché par des plantes grimpantes, façonnées en portiques à l'aide de mâts peints en vert et réunis par des traverses. Cette prairie, ce monde de fleurs, ces allées sablées, ce simulacre de forêt, ces palissades aériennes, se développent dans vingt cinq perches carrées, qui valent aujourd'hui quatre cent mille francs, la valeur d'une vraie forêt. Au milieu de ce silence obtenu dans Paris, les oiseaux chantent : il y a des merles, des rossignols, des bouvreuils, des fauvettes, et beaucoup de moineaux. La serre est une immense jardinière où l'air est chargé de parfums, où l'on se promène en hiver comme si l'été brillait de tous ses feux. Les moyens par lesquels on compose une atmosphère à sa guise, la Torride, la Chine ou l'Italie, sont habilement dérobés aux regards. Les tubes où circulent l'eau bouillante, la vapeur, un calorique quelconque, sont enveloppés de terre et apparaissent aux regards comme des guirlandes de fleurs vivantes. Vaste est le boudoir. Sur un terrain restreint, le miracle de cette fée parisienne, appelée l'Architecture, est de rendre tout grand. Le boudoir de la jeune comtesse fut la coquetterie de l'artiste à qui le comte Adam livra l'hôtel à décorer de nouveau. Une faute y est impossible : il y a trop de jolis riens. L'amour ne saurait où se poser parmi des travailleuses sculptées en Chine, où l'œil aperçoit des milliers de figures bizarres fouillées dans l'ivoire et dont la génération a usé deux familles chinoises ; des coupes de topaze brûlée montées sur un pied de filigrane ; des mosaïques qui inspirent le vol ; des tableaux hollandais comme en refait Schinner ; des anges conçus comme les conçoit Steinbock, qui n'exécute pas toujours les siens ; des statuettes sculptées par des génies poursuivis par leurs créanciers (véritable explication des mythes arabes) ; les sublimes ébauches de nos premiers artistes ; des devants de bahut pour boiseries et dont les panneaux alternent avec les fantaisies de la soierie indienne ; des portières qui s'échappent en flots dorés de dessous une traverse en chêne noir où grouille une chasse entière ; des meubles dignes de madame de Pompadour ; un tapis de Perse, etc. Enfin, dernière grâce, ces richesses, éclairées par un demi-jour qui filtre à travers deux rideaux de dentelle, en paraissaient encore plus charmantes. Sur une console, parmi des antiquités, une cravache, dont le bout fut sculpté par mademoiselle de Fauveau disait que la comtesse aimait à monter à cheval.

Tel est un boudoir en **1837**, un étalage de marchandises qui divertissent les regards, comme si l'ennui menaçait la société la plus remuante et la plus remuée du monde. Pourquoi rien d'intime, rien qui porte à la rêverie, au calme ? Pourquoi ? Personne n'est sûr de son lendemain, et chacun jouit de la vie en usufruitier prodigue.

Par une matinée, Clémentine se donnait l'air de réfléchir, étalée sur une de ces méridiennes merveilleuses d'où l'on ne peut pas se lever, tant le tapissier qui les inventa sut saisir les rondeurs de la paresse et les aises du *far niente*. Les portes de la serre ouvertes laissaient pénétrer les odeurs de la végétation et les parfums du tropique. La jeune femme regardait Adam fumant devant elle un élégant narguilé, la seule manière de fumer qu'elle eût permise dans cet appartement. Les portières, pincées par d'élégantes embrasses, offraient au regard deux magnifiques salons, l'un blanc et or, comparable à celui de l'hôtel Forbin-Janson, l'autre en style de la renaissance. La salle à manger, qui n'a de rivale à Paris que celle du baron de Nucingen, se trouve au bout d'une petite galerie plafonnée et décorée dans le genre moyen âge. La galerie est précédée, du côté de la cour, par une grande antichambre d'où l'on aperçoit à travers les portes en glaces les merveilles de l'escalier.

Le comte et la comtesse venaient de déjeuner; le ciel offrait une nappe d'azur sans le moindre nuage; le mois d'avril finissait. Ce ménage comptait deux ans de bonheur, et Clémentine avait depuis deux jours seulement découvert dans sa maison quelque chose qui ressemblait à un secret, à un mystère. Le Polonais, disons-le encore à sa gloire, est généralement faible devant la femme; il est si plein de tendresse pour elle qu'il lui devient inférieur en Pologne, et quoique les Polonaises soient d'admirables femmes, le Polonais est encore plus promptement mis en déroute par une Parisienne. Aussi le comte Adam, pressé de questions, n'eut-il pas l'innocente rouerie de vendre le secret à sa femme. Avec une femme, il faut toujours tirer parti d'un secret; elle vous en sait gré, comme un fripon accorde son respect à l'honnête homme qu'il n'a pas pu jouer. Plus brave que parleur, le comte avait seulement stipulé de ne répondre qu'après avoir fini son narguilé plein de Tombaki.

— En voyage, disait-elle, à toute difficulté tu me répondais par : « Paz arrangera cela ! » tu n'écrivais qu'à Paz ! De retour ici, tout le monde me dit : « *le capitaine !* » Je veux sortir?... *le capitaine !* S'agit-il d'acquitter un mémoire, *le capitaine !* Mon cheval a-t-il le trot dur, on en parle au *capitaine* Paz. Enfin, ici, c'est pour moi comme au jeu de domino : il y a Paz partout. Je n'entends parler que de az, et je ne peux pas voir Paz. Qu'est-ce que c'est que 'az? Qu'on m'apporte notre Paz.

— Tout ne va donc pas bien? dit le comte en quittant le *occhettino* de son narguilé.

— Tout va si bien qu'avec deux cent mille francs de rente n se ruinerait à mener le train que nous avons avec cent ix mille francs, dit-elle.

Elle tira le riche cordon de sonnette fait au petit point, ne merveille. Un valet de chambre habillé comme un miistre vint aussitôt.

— Dites à M. le capitaine Paz que je désire lui parler.

— Si vous croyez apprendre quelque chose ainsi!... dit n souriant le comte Adam.

Il n'est pas inutile de faire observer qu'Adam et Clémenine, mariés au mois de décembre 1835, étaient allés, près avoir passé l'hiver à Paris, en Italie, en Suisse et en llemagne, pendant l'année 1836. Revenue au mois de noembre, la comtesse reçut pour la première fois pendant hiver qui venait de finir, et s'aperçut alors de l'existence quasi muette, effacée, mais salutaire, d'un factotum dont a personne paraissait invisible, ce capitaine Paz (Pac), dont le nom se prononce comme il est écrit.

— Monsieur le capitaine Paz prie madame la comtesse de l'excuser, il est aux écuries, et dans un costume qui ne lui permet pas de venir à l'instant; mais une fois habillé, le comte Paz se présentera, dit le valet de chambre.

— Que faisait-il donc?

— Il montrait comment doit se panser le cheval de madame, que Constantin ne brossait pas à sa fantaisie », répondit le valet de chambre.

La comtesse regarda le domestique: il était sérieux et se gardait bien de commenter sa phrase par le sourire que se permettent les inférieurs en parlant d'un supérieur qui leur paraît descendu jusqu'à eux.

— Ah! il brossait Cora.

— Madame la comtesse ne monte-t-elle pas à cheval ce matin? dit le valet de chambre, qui s'en alla sans réponse.

— Est-ce un Polonais? demanda Clémentine à son mari, qui inclina la tête en manière d'affirmation.

Clémentine Laginska resta muette en examinant Adam. Les pieds presque tendus sur un coussin, la tête dans la position de celle d'un oiseau qui écoute au bord de son nid les bruits du bocage, elle eût paru ravissante à un homme blasé. Blonde et mince, les cheveux à l'anglaise, elle ressemblait alors à ces figures quasi fabuleuses des keepsakes, surtout vêtue de son peignoir en soie façon de Perse, dont les plis touffus ne déguisaient pas si bien les trésors de son corps et la finesse de la taille qu'on ne pût les admirer à travers ces voiles épais de fleurs et de broderies. En se croisant sur la poitrine, l'étoffe aux brillantes couleurs laissait voir le bas du cou, dont les tons blancs contrastaient avec ceux d'une riche guipure appliquée sur les épaules. Les yeux, bordés de cils noirs, ajoutaient à l'expression de curiosité qui fronçait une jolie bouche. Sur le front bien modelé l'on remarquait les rondeurs caractéristiques de la Parisienne volontaire, rieuse, instruite, mais inaccessible à des séductions vulgaires. Ses mains pendaient au bout de chaque bras de son fauteuil, presque transparentes. Ses doigts en fuseaux et retroussés du bout montraient des ongles, espèces d'amandes roses, où s'arrêtait la lumière. Adam souriait de l'impatience de sa femme, et la regardait d'un œil que la satiété conjugale ne tiédissait pas encore. Déjà cette petite comtesse fluette avait su se rendre maîtresse chez elle, car elle répondit à peine aux admirations d'Adam. Dans ses regards jetés à la dérobée sur lui, peut-être y avait il déjà la conscience de la supériorité d'une Parisienne sur ce Polonais mièvre, maigre et rouge.

— Voilà Paz, dit le comte en entendant un pas qui retentissait dans la galerie.

La comtesse vit entrer un grand bel homme, bien fait, qui portait sur sa figure les traces de cette douceur, fruit de la force et du malheur. Paz avait mis à la hâte une de ces redingotes serrées, à brandebourgs attachés par des olives, qui jadis s'appelaient des polonaises. D'abondants cheveux noirs assez mal peignés entouraient sa tête carrée, et Clémentine put voir, brillant comme un bloc de marbre, un front large, car Paz tenait à la main une casquette à visière. Cette main ressemblait à celle de l'Hercule à l'Enfant. La santé la plus robuste fleurissait sur ce visage également partagé par un grand nez romain qui rappela les beaux Trasteverins à Clémentine. Une cravate en taffetas noir achevait de donner une tournure martiale à ce mystère de cinq pieds sept pouces, aux yeux de jais et d'un dat italien. L'ampleur d'un pantalon à plis, qui ne laissait oir que le bout des bottes, trahissait le culte de Paz pour s modes de la Pologne. Vraiment, pour une femme romanesque, il y aurait eu du burlesque dans le contraste si eurté qui se remarquait entre le capitaine et le comte, ntre ce petit Polonais à figure étroite et ce beau militaire, ntre ce paladin et ce palatin.

— Bonjour, Adam, dit-il familièrement au comte.

Puis il s'inclina gracieusement en demandant à Clémenne en quoi il pouvait la servir.

— Vous êtes donc l'ami de Laginski? dit la jeune femme.

— A la vie, à la mort, répondit Paz, à qui le jeune comte ta le plus affectueux sourire en lançant sa dernière boufe de fumée odorante.

— Eh bien! pourquoi ne mangez-vous pas avec nous? ourquoi ne nous avez-vous pas accompagnés en Italie et n Suisse? Pourquoi vous cachez-vous ici de manière à ous dérober aux remercîments que je vous dois pour les ervices constants que vous nous rendez? dit la jeune comsse avec une sorte de vivacité, mais sans la moindre motion.

En effet, elle démêlait en Paz une sorte de servitude vontaire. Cette idée n'allait pas alors sans une sorte de mésestime pour un amphibie social, un être à la fois secrétaire intendant, ni tout à fait intendant ni tout à fait secréire, quelque parent pauvre, un ami gênant.

— C'est, comtesse, répondit-il assez librement, qu'il n'y as de remercîments à me faire : je suis l'ami d'Adam, et mets mon plaisir à prendre soin de ses intérêts.

— Tu restes debout pour ton plaisir aussi, dit le comte dam.

Paz s'assit sur un fauteuil auprès de la portière.

— Je me souviens de vous avoir vu lors de mon mariage, quelquefois dans la cour, dit la jeune femme. Mais pouruoi vous placer dans une condition d'infériorité, vous ami d'Adam?

— L'opinion des Parisiens m'est tout à fait indifférente, it-il. Je vis pour moi, ou, si vous voulez, pour vous deux.

— Mais l'opinion du monde sur l'ami de mon mari ne eut pas m'être indifférente...

— Oh! madame, le monde est bientôt satisfait avec ce ot : c'est un original! dites-le.

— Comptez-vous sortir, demanda-t-il après un momen de silence.

— Voulez-vous venir au bois? répondit la comtesse.

— Volontiers.

Sur ce mot Paz sortit en saluant.

— Quel bon être! il a la simplicité d'un enfant, dit Adam

— Racontez-moi maintenant vos relations avec lui, demanda Clémentine.

— Paz, ma chère âme, dit Laginski, est d'une noblesse aussi vieille et aussi illustre que la nôtre. Lors de leurs désastres, un des Pazzi se sauva de Florence en Pologne, où il s'établit avec quelque fortune, et y fonda la famille Paz, à laquelle on a donné le titre de comte. Cette famille, qu s'est distinguée dans les beaux jours de notre république royale, est devenue riche. La bouture de l'arbre abattu en Italie a poussé si vigoureusement, qu'il y a plusieurs branches de la maison comtale des Paz. Ce n'est donc pas t'apprendre quelque chose d'extraordinaire que de te dire qu'il existe des Paz riches et des Paz pauvres. Notre Paz est le rejeton d'une branche pauvre. Orphelin, sans autre fortune que son épée, il servait dans le régiment du grand-duc Constantin lors de notre révolution. Entraîné dans le parti polonais, il s'est battu comme un Polonais, comme un patriote, comme un homme qui n'a rien : trois raisons pour se bien battre. A la dernière affaire, il se crut suivi par ses soldats et courut sur une batterie russe : il fut pris. J'étais là. Ce trait de courage m'anime : — Allons le chercher! dis-je à mes cavaliers. Nous chargeons sur la batterie en fourrageurs, et je délivre Paz, moi septième. Nous étions partis vingt, nous revînmes huit, y compris Paz. Varsovie une fois vendue, il a fallu songer à échapper aux Russes. Par un singulier hasard, Paz et moi nous nous sommes trouvés ensemble, à la même heure, au même endroit, de l'autre côté de la Vistule. Je vis arrêter ce pauvre capitaine par des Prussiens qui se sont faits alors les chiens de chasse des Russes. Quand on a repêché un homme dans le Styx, on y tient. Ce nouveau danger de Paz me fit tant de peine, que je me laissai prendre avec lui, dans l'intention de le servir. Deux hommes peuvent se sauver là où un seul périt. Grâce à mon nom et à quelques liaisons de parenté avec ceux de qui notre sort dépendait, car nous étions alors entre les mains des Prussiens, on ferma les yeux sur mon asion. Je fis passer mon cher capitaine pour un soldat ns importance, pour un homme de ma maison, et nous ons pu gagner Dantzick. Nous nous y fourrâmes dans ı navire hollandais partant pour Londres, où deux mois rès nous abordâmes. Ma mère était tombée malade en ngleterre, et m'y attendait; Paz et moi nous l'avons soi-née jusqu'à sa mort, que les catastrophes de notre entre-ise avancèrent. Nous avons quitté Londres, et j'emme-ai Paz en France. En de pareilles adversités deux hommes viennent frères. Quand je me suis vu dans Paris, à vingt-ux ans, riche de soixante et quelques mille francs de ntes, sans compter les restes d'une somme provenant s diamants et des tableaux de famille vendus par ma mè-, je voulus assurer le sort de Paz avant de me livrer aux ssipations de la vie à Paris. J'avais surpris un peu de tris-sse dans les yeux du capitaine, quelquefois il y roulait s larmes contenues. J'avais eu l'occasion d'apprécier son me, qui est foncièrement noble, grande et généreuse. eut-être regrettait-il de se voir lié par des bienfaits à un une homme de six ans moins âgé que lui, sans avoir pu acquitter envers lui. Insouciant et léger comme l'est un arçon, je devais me ruiner au jeu, me laisser entortiller ar quelque Parisienne. Paz et moi nous pouvions être un ur désunis. Tout en me promettant de pourvoir à ses be-ins, j'apercevais bien des chances d'oublier ou d'être hors état de payer la pension de Paz. Enfin, mon ange, je vou-s lui épargner la peine, la pudeur, la honte de me demander e l'argent ou de chercher vainement son compagnon dans n jour de détresse. *Donque*, un matin, après déjeuner, s pieds sur les chenets, fumant chacun notre pipe, après voir bien rougi, pris bien des précautions, le voyant me egarder avec inquiétude, je lui tendis une inscription de ente au porteur de deux mille quatre cents francs.... »

Clémentine quitta sa place, alla s'asseoir sur les genoux 'Adam, lui passa son bras autour du cou, le baisa au ont en lui disant : — Cher trésor, combien je te trouve eau! Et qu'a fait Paz?

— Thaddée, reprit le comte, a pâli sans rien dire....

— Ah! il se nomme Thaddée?

— Oui, Thaddée a replié le papier, me l'a rendu en me isant : — J'ai cru, Adam, que c'était entre nous à la vie, la mort, et que nous ne nous quitterions jamais; tu ne veux donc pas de moi? — Ah! fis-je, tu l'entends ainsi, Thaddée; eh bien! n'en parlons plus. Si je me ruine, tu seras ruiné. — Tu n'as pas, me dit-il, assez de fortune pour vivre en Laginski; ne te faut-il pas alors un ami qui s'occupe de tes affaires, qui soit un père et un frère, un confident sûr? » Ma chère enfant, en me disant ces paroles, Paz a eu dans le regard et dans la voix un calme qui couvrait une émotion maternelle, mais qui révélait une reconnaissance d'Arabe, un dévoûment de caniche, une amitié de sauvage, sans faste et toujours prête. Ma foi, je l'ai pris comme nous nous prenons, nous autres Polonais, la main sur l'épaule, et je l'embrassai sur les lèvres : « A la vie et à la mort, donc! Tout ce que j'ai t'appartient, et fais comme tu voudras. » C'est lui qui m'a trouvé cet hôtel pour presque rien. Il a vendu mes rentes en hausse, les a rachetées en baisse, et nous avons payé cette baraque avec les bénéfices. Connaisseur en chevaux, il en trafique si bien que mon écurie coûte fort peu de chose, et j'ai les plus beaux chevaux, les plus charmants équipages de Paris. Nos gens, braves soldats polonais choisis par lui, passeraient dans le feu pour nous. J'ai eu l'air de me ruiner, et Paz tient ma maison avec un ordre et une économie si parfaite qu'il a réparé par là quelques pertes inconsidérées au jeu, des sottises de jeune homme. Mon Thaddée est rusé comme deux Génois, ardent au gain comme un juif polonais, prévoyant comme une bonne ménagère. Jamais je n'ai pu le décider à vivre comme moi, quand j'étais garçon. Parfois, il a fallu les douces violences de l'amitié pour l'emmener au spectacle quand j'y allais seul, ou dans les dîners que je donnais au cabaret à de joyeuses compagnies. Il n'aime pas la vie des salons.

— Qu'aime-t-il donc? demanda Clémentine.

— Il aime la Pologne, il la pleure. Ses seules dissipations ont été les secours envoyés plus en mon nom qu'au sien à quelques uns de nos pauvres exilés.

— Tiens, mais je vais l'aimer, ce brave garçon, dit la comtesse; il me paraît simple comme ce qui est vraiment grand.

— Toutes les belles choses que tu as trouvées ici, reprit Adam, qui trahissait la plus noble des sécurités en vantant son ami, Paz les a dénichées, il les a eues aux ventes ou dans les occasions. Oh! il est plus marchand que les marands. Quand tu le verras se frottant les mains dans la cour, dis-toi qu'il a troqué un bon cheval contre un meilleur. Il vit par moi ; son bonheur est de me voir élégant, dans un équipage resplendissant. Les devoirs qu'il s'impose à lui-même, il les accomplit sans bruit, sans emphase. Un soir, j'ai perdu vingt mille francs au whist. Que dira Paz ? me suis-je écrié en revenant. Paz me les a remis, non sans lâcher un soupir ; mais il ne m'a pas seulement blâmé par un regard. Ce soupir m'a plus retenu que les remontrances des oncles, des femmes ou des mères en pareil cas. « Tu les regrettes ? lui ai-je dit. — Oh ! ni pour toi ni pour moi ; non, j'ai seulement pensé que vingt pauvres Paz vivraient de cela pendant une année. » Tu comprends que les Pazzi valent les Laginski. Aussi n'ai-je jamais voulu voir un inférieur dans mon cher Paz. J'ai tâché d'être aussi grand dans mon genre qu'il l'est dans le sien. Je ne suis jamais sorti de chez moi, ni rentré, sans aller chez Paz comme j'irais chez mon père. Ma fortune est la sienne. Enfin Thaddée est certain que je me précipiterais aujourd'hui dans un danger pour l'en tirer, comme je l'ai fait deux fois.

— Ce n'est pas peu dire, mon ami, dit la comtesse. Le dévouement est un éclair. On se dévoue à la guerre et l'on ne se dévoue plus à Paris.

— Eh bien ! reprit Adam, pour Paz je suis toujours à la guerre. Nos deux caractères ont conservé leurs aspérités et leurs défauts, mais la mutuelle connaissance de nos âmes a resserré les liens déjà si étroits de notre amitié. On peut sauver la vie à un homme, et le tuer après, si nous trouvons en lui un mauvais compagnon ; mais ce qui rend les amitiés indissolubles, nous l'avons éprouvé ; chez nous, il y a cet échange constant d'impressions heureuses de part et d'autre, qui peut être fait sous ce rapport l'amitié plus riche que l'amour.

Une jolie main ferma la bouche au comte si promptement que le geste ressemblait à un soufflet.

— Mais oui, dit-il, l'amitié, mon ange, ignore les banqueroutes du sentiment et les faillites du plaisir. Après avoir donné plus qu'il n'a, l'amour finit par donner moins qu'il ne reçoit.

— D'un côté comme de l'autre, dit en souriant Clémentine.

— Oui, reprit Adam ; tandis que l'amitié ne peut que s'augmenter. Tu n'as pas à faire la moue : nous sommes, mon ange, aussi amis qu'amants ; nous avons, du moins, je l'espère, réuni les deux sentiments dans notre heureux mariage.

— Je vais t'expliquer ce qui vous a rendus si bons amis dit Clémentine. La différence de vos deux existences vient de vos goûts, et non d'un choix obligé ; de votre fantaisie et non de vos positions. Autant qu'on peut juger un homme en l'entrevoyant, et d'après ce que tu me dis, ici le subalterne peut devenir dans certains moments le supérieur.

— Oh ! Paz m'est vraiment supérieur, répliqua naïvement Adam. Je n'ai d'autre avantage sur lui que le hasard.

Sa femme l'embrassa pour la noblesse de cet aveu.

— L'excessive adresse avec laquelle il cache la grandeur de ses sentiments est une immense supériorité, reprit le comte. Je lui ai dit : — Tu es un sournois, tu as dans le cœur de vastes domaines où tu te retires. Il a droit au titre de comte Paz, il ne se fait appeler à Paris que le capitaine.

— Enfin, le Florentin du moyen âge a reparu à trois cents ans de distance, dit la comtesse. Il y a du Dante et du Michel-Ange chez lui.

— Tiens, tu as raison, il est poète par l'âme, répondit Adam.

— Me voilà donc mariée à deux Polonais, dit la jeune comtesse avec un geste comparable à ceux que le génie trouve sur la scène.

— Chère enfant ! dit Adam en pressant Clémentine sur lui, tu m'aurais fait bien du chagrin si mon ami ne t'avait pas plu : nous en avions peur l'un et l'autre, quoiqu'il ait été ravi de mon mariage. Tu le rendras très heureux en lui disant que tu l'aimes... ah ! comme un vieil ami.

— Je vais donc m'habiller, il fait beau, nous sortirons tous trois, dit Clémentine en sonnant sa femme de chambre.

Paz menait une vie si souterraine que tout le Paris élégant se demanda qui accompagnait Clémentine Laginska lorsqu'on la vit allant au bois de Boulogne et en revenant entre Thaddée et son mari. Clémentine avait exigé, pendant la promenade, que Thaddée dînât avec elle. Ce caprice de souveraine absolue força le capitaine à faire une toilette insolite. Au retour du bois, Clémentine se mit avec

e certaine coquetterie, et de manière à produire de l'im-
ession sur Adam lui-même en entrant dans le salon où
deux amis l'attendaient.

— Comte Paz, dit-elle, nous irons ensemble à l'Opéra.

Ce fut dit de ce ton qui, chez les femmes, signifie : Si
us me refusez, nous nous brouillons.

— Volontiers, madame, répondit le capitaine. Mais com-
e je n'ai pas la fortune d'un comte, appelez-moi simple-
ent capitaine.

— Eh bien, capitaine, donnez-moi le bras, dit elle en
lui prenant et l'emmenant dans la salle à manger par un
ouvement plein de cette onctueuse familiarité qui ravit
amoureux.

La comtesse plaça près d'elle le capitaine, dont l'attitu-
fut celle d'un sous-lieutenant pauvre dînant chez un ri-
e général. Paz laissa parler Clémentine, l'écouta tout en
témoignant la déférence qu'on a pour un supérieur, ne
contredit en rien et attendit une interrogation formelle
ant de répondre. Enfin il parut presque stupide à la comsse, dont les coquetteries échouèrent devant ce sérieux
acial et ce respect diplomatique. En vain Adam lui di-
t : — Égaie-toi donc, Thaddée ! on penserait que tu
s pas chez toi ! Tu as sans doute fait la gageure de dé-
ncerter Clémentine ? Thaddée resta lourd et endormi.
and les maîtres furent seuls à la fin du dessert, le ca-
aine expliqua comment sa vie était arrangée au rebours
celle des gens du monde : il se couchait à huit heures
se levait de grand matin ; il mit ainsi sa contenance sur
e grande envie de dormir.

— Mon intention, en vous emmenant à l'Opéra, capi-
ne, était de vous amuser ; mais faites comme vous vou-
ez, dit Clémentine un peu piquée.

— J'irai, répondit Paz.

— Duprez chante Guillaume Tell, reprit Adam, mais
ut-être aimerais-tu mieux venir aux Variétés ?

Le capitaine sourit et sonna ; le valet de chambre vint.
Constantin, lui dit-il, attellera la voiture au lieu d'atteler
coupé. Nous ne tiendrions pas sans être gênés, ajouta-
l en regardant le comte.

— Un Français aurait oublié cela, dit Clémentine en sou-
ant.

— Ah ! mais nous sommes des Florentins transplantés

dans le Nord, répondit Thaddée avec une finesse d'accent et avec un regard qui firent voir dans sa conduite à table l'effet d'un parti pris.

Par une imprudence assez concevable, il y eut trop de contraste entre la mise en scène involontaire de cette phrase et l'attitude de Paz pendant le dîner. Clémentine examina le capitaine par une de ces œillades sournoises qui annoncent à la fois de l'étonnement et de l'observation chez les femmes. Aussi, pendant le temps où tous trois ils prirent le café au salon, régna-t-il un silence assez gênant pour Adam, incapable d'en deviner le pourquoi. Clémentine n'agaçait plus Thaddée. De son côté le capitaine reprit sa raideur militaire et ne la quitta plus, ni pendant la route, ni dans la loge, où il feignit de dormir.

— Vous voyez, madame, que je suis un bien ennuyeux personnage, dit il au dernier acte de *Guillaume Tell*, pendant la danse. N'avais je pas bien raison de rester, comme on dit, dans ma spécialité ?

— Ma foi, mon cher capitaine, vous n'êtes ni charlatan ni causeur, vous êtes très peu Polonais.

— Laissez-moi donc, reprit-il, veiller à vos plaisirs, à votre fortune et à votre maison : je ne suis bon qu'à cela.

— Tartufe, va, dit en souriant le comte Adam. Ma chère, il est plein de cœur, il est instruit ; il pourrait, s'il voulait, tenir sa place dans un salon. Clémentine, ne prends pas sa modestie au mot.

— Adieu, comtesse. J'ai fait preuve de complaisance ; je me sers de votre voiture pour aller dormir au plus tôt, et vais vous la renvoyer.

Clémentine fit une inclination de tête et le laissa partir sans rien répondre.

— Quel ours ! dit-elle au comte. Tu es bien plus gentil, toi.

Adam serra la main de sa femme sans qu'on pût le voir.

— Pauvre cher Thaddée ! il s'est efforcé de se faire *repoussoir* là où bien des hommes auraient tâché de paraître plus aimables que moi.

— Oh ! dit-elle, je ne sais pas s'il n'y a point de *calcul* dans sa conduite : il aurait intrigué une femme ordinaire.

Une demi heure après, pendant que Boleslas le chasseur criait : La porte ! que le cocher, sa voiture tournée pour entrer, attendait que les deux battants fussent ouverts, Clémentine dit au comte :

— Où perche donc le capitaine ?

— Tiens, là ! répondit Adam en montant un petit étage en attique élégamment élevé de chaque côté de la porte cochère et dont une fenêtre donnait sur la rue. Son appartement s'étend au-dessus des remises.

— Et qui donc occupe l'autre côté ?

— Personne encore, répondit Adam. L'autre petit appartement, situé au-dessus des écuries, sera pour nos enfants et pour leur précepteur.

— Il n'est pas couché, dit la comtesse en apercevant de la lumière chez Thaddée, quand la voiture fut sous le portique à colonnes copiées sur celles des Tuileries, et qui remplaçait la vulgaire marquise de zinc peint en coutil.

Le capitaine, en robe de chambre, une pipe à la main, regardait Clémentine entrant dans le vestibule. La journée avait été rude pour lui. Voici pourquoi : Thaddée eut dans le cœur un terrible mouvement le jour où, conduit par Adam aux Italiens pour la juger, il avait vu mademoiselle du Rouvre ; puis, quand il la revit à la mairie et à Saint-Thomas-d'Aquin, il reconnut en elle cette femme que tout homme doit aimer exclusivement, car don Juan lui-même en préférait une dans les *mille e tre* ! Aussi Paz conseilla-t-il fortement le voyage classique après le mariage. Quasi tranquille pendant tout le temps que dura l'absence de Clémentine, ses souffrances recommençaient depuis le retour de ce joli ménage. Or voici ce qu'il pensait en fumant du lataki dans sa pipe de merisier longue de six pieds, un présent d'Adam : Moi seul et Dieu, qui me récompensera d'avoir souffert en silence, nous devons seuls savoir à quel point je l'aime ! Mais comment n'avoir ni son amour ni sa haine ?

Et il réfléchissait à perte de vue sur ce théorème de stratégie amoureuse. Il ne faut pas croire que Thaddée vécût sans plaisir au milieu de sa douleur. Les sublimes tromperies de cette journée furent des sources de joie intérieure. Depuis le retour de Clémentine et d'Adam, il éprouvait de jour en jour des satisfactions ineffables en se voyant nécessaire à ce ménage, qui, sans son dévouement, eût marché certainement à sa ruine. Quelle fortune résisterait aux prodigalités de la vie parisienne ? Élevée chez un père dissipateur, Clémentine ne savait rien de la tenue d'une maison, qu'aujourd'hui les femmes les plus riches, les plus nobles, sont obligées de surveiller par elles-mêmes. Qui maintenant peut avoir un intendant? Adam, de son côté, fils d'un de ces grands seigneurs polonais qui se laissent dévorer par les juifs, incapable d'administrer les débris d'une des plus immenses fortunes de Pologne, où il y en a d'immenses, n'était pas d'un caractère à brider ni ses fantaisies ni celles de sa femme. Seul, il se fût ruiné peut-être avant son mariage. Paz l'avait empêché de jouer à la Bourse, n'est-ce pas déjà tout dire? Ainsi, en se sentant aimer malgré lui Clémentine, Paz n'eut pas la ressource de quitter la maison et d'aller voyager pour oublier sa passion. La reconnaissance, ce mot de l'énigme que présentait sa vie, le clouait dans cet hôtel où lui seul pouvait être l'homme d'affaires de cette famille insouciante. Le voyage d'Adam et de Clémentine lui fit espérer du calme; mais la comtesse, revenue plus belle, jouissant de cette liberté d'esprit que le mariage offre aux Parisiennes, déployait toutes les grâces d'une jeune femme, et ce je ne sais quoi d'attrayant qui vient du bonheur ou de l'indépendance que lui donnait un jeune homme aussi confiant, aussi vraiment chevaleresque, aussi amoureux qu'Adam. Avoir la certitude d'être la cheville ouvrière de la splendeur de cette maison, voir Clémentine descendant de voiture au retour d'une fête ou partant le matin pour le bois, la rencontrer sur les boulevarts dans sa jolie voiture, comme une fleur dans sa coque de feuilles, inspirait au pauvre Thaddée des voluptés mystérieuses et pleines, qui s'épanouissaient au fond de son cœur sans que jamais la moindre trace en parût sur son visage. Comment, depuis cinq mois, la comtesse eût-elle aperçu le capitaine? Il se cachait d'elle en dérobant le soin qu'il mettait à l'éviter. Rien ne ressemble plus à l'amour divin que l'amour sans espoir. Un homme ne doit-il pas avoir une certaine profondeur dans le cœur pour se dévouer dans le silence et dans l'obscurité? Cette profondeur, où se tapit un orgueil de père et de Dieu, contient le culte de l'amour pour l'amour, comme le pouvoir pour le pouvoir fut le mot de la vie des jésuites, avarice sublime en ce qu'elle est constamment généreuse, et modelée enfin sur la mystérieuse existence des principes du monde. *L'effet*, n'est-ce pas la nature? et la nature est enchanteresse, elle appartient à l'homme, au poëte, au peintre, à l'amant; mais la *cause* n'est-elle pas, aux yeux de uelques âmes privilégiées et pour certains penseurs gi-antesques, supérieure à la nature? La cause, c'est Dieu. ans cette sphère des causes vivent les Newton, les La-lace, les Kepler, les Descartes, les Malebranche, les Spi-osa, les Buffon, les vrais poëtes et les solitaires du se-ond âge chrétien, les sainte Thérèse de l'Espagne et les ublimes extatiques. Chaque sentiment humain comporte es analogies avec cette situation où l'esprit abandonne effet pour la cause, et Thaddée avait atteint cette hauteur ù tout change d'aspect. En proie à des joies de créateur ndicibles, Thaddée était en amour ce que nous connais-ons de plus grand dans les fastes du génie.

— Non, elle n'est pas entièrement trompée, se disait il n suivant la fumée de sa pipe. Elle pourrait me brouiller ans retour avec Adam si elle me prenait en grippe; et si lle coquettait pour me tourmenter, que deviendrais je? .a fatuité de cette dernière supposition était si contraire au aractère modeste et à l'espèce de timidité germanique du apitaine, qu'il se gourmanda de l'avoir eue et se coucha ésolu d'attendre les événements avant de prendre un parti.

Le lendemain, Clémentine déjeuna très bien sans Thad-dée, et sans s'apercevoir de son manque d'obéissance. Ce endemain se trouva son jour de réception, qui, chez elle, omportait une splendeur royale. Elle ne fit pas attention à l'absence du capitaine, sur qui roulaient les détails de ces ournées d'apparat.

— Bon! se dit Paz en entendant les équipages s'en aller sur les deux heures du matin, la comtesse n'a eu qu'une antaisie ou une curiosité de Parisienne.

Le capitaine reprit donc ses allures ordinaires, pour un moment dérangées par cet incident. Détournée par les pré-occupations de la vie parisienne, Clémentine parut avoir oublié Paz. Pense-t-on, en effet, que ce soit peu de chose que de régner sur cet inconstant Paris? Croirait-on, par hasard, qu'à ce jeu suprême on risque seulement sa for-tune? Les hivers sont pour les femmes à la mode ce que ut jadis une campagne pour les militaires de l'empire. Quelle œuvre d'art et de génie qu'une toilette ou une coif-ure destinées à faire sensation! Une femme frêle et déli-cate garde son dur et brillant harnais de fleurs et de dia-mants, de soie et d'acier, de neuf heures du soir à deux et souvent trois heures du matin.

rer le regard sur une taille fine; à la faim qui la saisit pendant la soirée elle oppose des tasses de thé débilitantes, des gâteaux sucrés, des glaces échauffantes ou de lourdes tranches de pâtisseries. L'estomac doit se plier aux ordres de la coquetterie. Le réveil a lieu très tard. Tout est alors en contradiction avec les lois de la nature, et la nature est impitoyable. A peine levée, une femme à la mode recommence une toilette du matin, pense à sa toilette de l'après-midi. N'a-t-elle pas à recevoir, à faire des visites, à aller au bois à cheval ou en voiture? Ne faut-il pas toujours s'exercer au manége des sourires, se tendre l'esprit à forger des compliments qui ne paraissent ni communs ni recherchés? Et toutes les femmes n'y réussissent pas. Etonnez-vous donc, en voyant une jeune femme que le monde a reçue fraîche, de la retrouver trois ans après flétrie et passée. A peine six mois passés à la campagne guérissent-ils les plaies faites par l'hiver. On n'entend aujourd'hui parler que de gastrites, de maux étranges, inconnus, d'ailleurs, aux femmes occupées de leur ménage. Autrefois la femme se montrait quelquefois; aujourd'hui elle est toujours en scène. Clémentine avait à lutter : on commençait à la citer, et dans les soins exigés par cette bataille entre elle et ses rivales, à peine y avait il place pour l'amour de son mari. Thaddée pouvait bien être oublié.

Cependant un mois après, au mois de mai, quelques jours avant de partir pour la terre de Ronquerolles, en Bourgogne, au retour du bois, elle aperçut, dans la contre-allée des Champs Elysées, Thaddée, mis avec recherche, s'extasiant à voir sa comtesse belle dans sa calèche, les chevaux fringants, les lèvres étincelantes, enfin son cher ménage admiré.

— Voilà le capitaine, dit-elle à son mari.

— Comme il est heureux! répondit Adam. Voilà ses fêtes : il n'y a pas d'équipage mieux tenu que le nôtre, et il jouit de voir tout le monde enviant notre bonheur. Ah! tu le remarques pour la première fois, mais il est là presque tous les jours.

— A quoi peut il penser? dit Clémentine.

— Il pense en ce moment que l'hiver a coûté bien cher, et que nous allons faire des économies chez ton vieil oncle Ronquerolles, répondit Adam.

La comtesse ordonna d'arrêter devant Paz, et le fit asseoir

côté d'elle dans la calèche. Thaddée devint rouge comme une cerise.

— Je vais vous empester, dit-il : je viens de fumer des cigares.

— Adam ne m'empeste-t-il pas ! répondit-elle vivement.

— Oui, mais c'est Adam, répliqua le capitaine.

— Et pourquoi Thaddée n'aurait-il pas les mêmes priviléges ? dit la comtesse en souriant.

Ce divin sourire eut une force qui triompha des héroïques résolutions de Paz : il regarda Clémentine avec tout le feu de son âme dans ses yeux, mais tempéré par le témoignage angélique de sa reconnaissance, à lui, homme qui ne vivait que par ce sentiment. La comtesse se croisa les bras dans son châle, s'appuya pensive sur les coussins en y froissant les plumes de son joli chapeau, et arrêta ses yeux sur les passants. Cet éclair d'une âme grande et jusque-là résignée attaqua sa sensibilité. Quel était après tout à ses yeux le mérite d'Adam ? N'est-il pas naturel d'avoir du courage et de la générosité ? Mais le capitaine !... Thaddée possédait de plus qu'Adam ou paraissait posséder une immense supériorité. Quelles funestes pensées saisirent la comtesse en observant de nouveau le contraste de la belle nature si complète qui distinguait Thaddée et de cette grêle nature qui, chez Adam, indiquait la dégénérescence forcée des familles aristocratiques assez insensées pour toujours s'allier entre elles ? Ces pensées, le diable seul les connut, car la jeune femme demeura les yeux penseurs, mais vagues, sans rien dire jusqu'à l'hôtel.

— Vous dînez avec nous, autrement je me fâcherais de ce que vous m'avez désobéi, dit-elle en entrant. Vous êtes Thaddée pour moi comme pour Adam. Je sais les obligations que vous lui avez, mais je sais aussi toutes celles que nous vous avons. Pour deux mouvements de générosité, qui sont si naturels, vous êtes généreux à toute heure et tous les jours. Mon père vient dîner avec nous, ainsi que mon oncle Ronquerolles et ma tante de Sérizy. Habillez-vous, dit-elle en prenant la main qu'il lui tendait pour l'aider à descendre de voiture.

Thaddée monta chez lui pour s'habiller, le cœur à la fois heureux et comprimé par un tremblement horrible. Il descendit au dernier moment, et rejoua pendant le dîner son rôle de militaire, bon seulement à remplir les fonctions d'un intendant. Mais cette fois Clémentine ne fut pas la dupe de Paz, dont le regard l'avait éclairée. Ronquerolles, l'ambassadeur le plus habile après le prince de Talleyrand, et qui servit si bien de Marsay pendant son court ministère, fut instruit par sa nièce de la haute valeur du comte Paz, qui se faisait si modestement l'intendant de son ami Mitgislas.

— Et comment est-ce la première fois que je vois le comte Paz? dit le marquis de Ronquerolles.

— Eh! il est sournois et cachotier, répondit Clémentine en lançant un regard à Paz pour lui dire de changer sa manière d'être.

Hélas! il faut l'avouer, au risque de rendre le capitaine moins intéressant, Paz, quoique supérieur à son ami Adam, n'était pas un homme fort. Sa supériorité apparente, il la devait au malheur. Dans ses jours de misère et d'isolement, à Varsovie, il lisait, il s'instruisait, il comparait et méditait; mais le don de création qui fait le grand homme, il ne le possédait point, et peut-il jamais s'acquérir? Paz, uniquement grand par le cœur, allait alors au sublime; mais dans la sphère des sentiments, plus homme d'action que de pensées, il gardait sa pensée pour lui. Sa pensée ne servait alors qu'à lui ronger le cœur. Et qu'est-ce d'ailleurs qu'une pensée inexprimée? Sur le mot de Clémentine, le marquis de Ronquerolles et sa sœur échangèrent un singulier regard en se montrant leur nièce, le comte Adam et Paz. Ce fut une de ces scènes rapides qui n'ont lieu qu'en Italie et à Paris. Dans ces deux endroits du monde, toutes les cours exceptées, les yeux savent dire autant de choses. Pour communiquer à l'œil toute la puissance de l'âme, lui donner la valeur d'un discours, y mettre un poëme ou un drame d'un seul coup, il faut ou l'excessive servitude, ou l'excessive liberté. Adam, le marquis du Rouvre et la comtesse n'aperçurent point cette lumineuse observation d'une vieille coquette et d'un vieux diplomate; mais Paz, ce chien fidèle, en comprit les prophéties. Ce fut, remarquez-le, l'affaire de deux secondes. Vouloir peindre l'ouragan qui ravagea l'âme du capitaine, ce serait être trop diffus par le temps qui court.

— Quoi! déjà la tante et l'oncle croient que je puis être aimé? se dit-il en lui-même. Maintenant mon bonheur ne dépend plus que de mon audace? Et Adam!...

L'Amour idéal et le Désir, tous deux aussi puissants que la Reconnaissance et l'Amitié, s'entre-choquèrent, et l'Amour l'emporta pour un moment. Ce pauvre admirable amant voulut avoir sa journée ! Paz devint spirituel, il voulut plaire, et raconta l'insurrection polonaise à grands traits, sur une explication demandée par le diplomate. Paz vit alors, au dessert, Clémentine suspendue à ses lèvres, le prenant pour un héros, et oubliant qu'Adam, après avoir sacrifié le tiers de son immense fortune, avait encouru les chances de l'exil. A neuf heures, le café pris, madame de Sérizy baisa sa nièce au front en lui serrant la main, et emmena d'autorité le comte Adam en laissant les marquis du Rouvre et de Ronquerolles, qui, dix minutes après, s'en allèrent. Paz et Clémentine restèrent seuls.

— Je vais vous laisser, Madame, dit Thaddée, car vous les rejoindrez à l'Opéra.

— Non, répondit-elle, la danse ne me plaît pas ; et l'on donne ce soir un ballet détestable, *la Révolte au Sérail.*

Un moment de silence.

— Il y a deux ans, Adam n'y serait pas allé sans moi ! reprit elle sans regarder Paz.

— Il vous aime à la folie..., répondit Thaddée.

— Eh ! c'est parce qu'il m'aime à la folie qu'il ne m'aimera peut être plus demain, s'écria la comtesse.

— Les Parisiennes sont inexplicables, dit Thaddée. Quand elles sont aimées *à la folie*, elles veulent être aimées *raisonnablement* ; et quand on les aime raisonnablement, elles vous reprochent de ne pas savoir aimer.

— Et elles ont toujours raison, Thaddée, reprit-elle en souriant. Je connais bien Adam, je ne lui en veux point : il est léger, et surtout grand seigneur ; il sera toujours content de m'avoir pour sa femme et ne me contrariera jamais dans aucun de mes goûts ; mais...

— Quel est le mariage où il n'y a pas de *mais ?* dit tout doucement Thaddée en tâchant de donner un autre cours aux pensées de la comtesse.

L'homme le moins avantageux aurait eu peut être la pensée qui faillit rendre cet amoureux fou et que voici : — Si je ne lui dis pas que je l'aime, je suis un imbécile ! se dit le capitaine.

Il régnait entre ces deux êtres un de ces terribles silences qui crèvent de pensées. La comtesse examinait Paz en dessous, de même que Paz la contemplait dans la glace. En s'enfonçant dans sa bergère, en homme repu qui digère, un vrai geste de mari ou de vieillard indifférent, Paz croisa ses mains sur son ventre, fit passer rapidement et machinalement ses pouces l'un sur l'autre, et regarda le feu bêtement.

— Mais dites-moi donc du bien d'Adam !... s'écria Clémentine. Dites-moi que ce n'est pas un homme léger, vous qui le connaissez !

Ce cri fut sublime.

—Voici donc le moment venu d'élever entre nous des barrières insurmontables, pensa le pauvre Paz en concevant un héroïque mensonge.

— Du bien ?... reprit-il à haute voix ; je l'aime trop, vous ne me croiriez point. Je suis incapable de vous en dire du mal. Ainsi... mon rôle, Madame, est bien difficile entre vous deux.

Clémentine baissa la tête, et regarda le bout des souliers vernis de Paz.

— Vous autres gens du Nord, vous n'avez que le courage physique, vous manquez de constance dans vos décisions, dit-elle en murmurant.

— Qu'allez-vous faire seule, Madame ? demanda Paz en prenant un air d'ingénuité parfait.

— Vous ne me tenez donc pas compagnie ?

— Pardonnez-moi de vous quitter...

— Comment ! où allez-vous ?

— Je vais au Cirque ; il ouvre aux Champs-Elysées ce soir, et je ne puis y manquer...

— Et pourquoi ? dit Clémentine en l'interrogeant par un regard à demi colère.

— Faut-il vous ouvrir mon cœur, reprit-il en rougissant, vous confier ce que je cache à mon cher Adam, qui croit que je n'aime que la Pologne ?

— Ah ! un secret chez notre noble capitaine ?

— Une infamie que vous comprendrez et de laquelle vous me consolerez.

— Vous infâme ?...

— Oui, moi, comte Paz, je suis amoureux fou d'une fille qui courait la France avec la famille Bouthor, des gens qui ont un cirque à l'instar de celui de Franconi, mais qui n'exploitent que les foires ? Je l'ai fait engager par le directeur du Cirque Olympique.

— Elle est belle ? dit la comtesse.

— Pour moi, reprit-il mélancoliquement, Malaga, tel est son nom de guerre, est forte, agile et souple. Pourquoi je la préfère *à toutes les femmes du monde*..... en vérité ! je ne saurais le dire. Quand je la vois, ses cheveux noirs retenus par un bandeau de satin bleu flottant sur ses épaules olivâtres et nues, vêtue d'une tunique blanche à bordure dorée et d'un maillot en tricot de soie qui en fait une statue grecque vivante, les pieds dans des chaussons de satin éraillé, passant, des drapeaux à la main, aux sons d'une musique militaire, à travers un immense cerceau dont le papier se déchire en l'air, quand le cheval fuit au grand galop, et qu'elle retombe avec grâce sur lui, applaudie, sans claqueurs, par tout un peuple... eh bien ! ça m'émeut.

— Plus qu'une belle femme au bal ?... dit Clémentine avec une surprise provoquante.

— Oui, répondit Paz d'une voix étranglée. Cette admirable agilité, cette grâce constante dans un constant péril, me paraissent le plus beau triomphe d'une femme... Oui, Madame, Rachel et la Dorval, la Cinti et la Malibran, la Grisi et la Taglioni, la Pasta et l'Elssler, tout ce qui règne ou régna sur les planches ne me semble pas digne de délier les cothurnes de Malaga, qui sait descendre et remonter sur un cheval au grandissime galop, qui se glisse dessous à gauche pour remonter à droite, qui voltige comme un feu follet blanc autour de l'animal le plus fougueux, qui peut se tenir sur la pointe d'un seul pied et tomber assise les pieds pendants sur le dos de ce cheval toujours au galop, et qui, enfin, debout sur le coursier sans bride, tricotte des bas, casse des œufs ou fricasse une omelette, à la profonde admiration du peuple, du vrai peuple, les paysans et les soldats ! A la parade, jadis cette délicieuse Colombine portait des chaises sur le bout de son nez, le plus joli nez grec que j'aie vu. Malaga, Madame, est l'adresse en personne. D'une force herculéenne, elle n'a besoin que de son poing mignon ou de son petit pied pour se débarrasser de trois ou quatre hommes. C'est enfin la déesse de la gymnastique.

— Elle doit être stupide...

— Oh ! reprit Paz, amusante comme l'héroïne de *Péveril du Pic* ! Insouciante comme un bohême, elle dit tout ce qui lui passe par la tête ; elle se soucie de l'avenir comme vous pouvez vous soucier des sous que vous jetez à un pauvre, et il lui échappe des choses sublimes. Jamais on ne lui prouvera qu'un vieux diplomate soit un beau jeune homme, et un million ne la ferait pas changer d'avis. Son amour est pour un homme une flatterie perpétuelle. D'une santé vraiment insolente, ses dents sont trente-deux perles d'un orient délicieux et enchâssées dans un corail. Son mufle, elle appelle ainsi le bas de sa figure, a, selon l'expression de Shakspeare, la verdeur, la saveur d'un museau de génisse. Et ça donne de cruels chagrins! Elle estime de beaux hommes, des hommes forts, des Adolphe, des Auguste, des Alexandre, des bateleurs et des paillasses. Son instructeur, un affreux Cassandre, la rouait de coups, et il en a fallu des milliers pour lui donner sa souplesse, sa grâce, son intrépidité.

— Vous êtes ivre de Malaga! dit la comtesse.

— Elle ne se nomme Malaga que sur l'affiche, dit Paz d'un air piqué. Elle demeure rue Saint-Lazare, dans un petit appartement au troisième, dans le velours et la soie, et vit là comme une princesse. Elle a deux existences : sa vie foraine et sa vie de jolie femme.

— Et vous aime-t-elle?

— Elle m'aime... vous allez rire... uniquement parce que je suis Polonais! Elle voit toujours les Polonais d'après la gravure de Poniatowski sautant dans l'Elster : car, pour toute la France, l'Elster, où il est impossible de se noyer, est un fleuve impétueux qui a englouti Poniatowski... Au milieu de tout cela, je suis bien malheureux, madame...

Une larme de rage qui coula dans les yeux de Thaddée émut Clémentine.

— Vous aimez l'extraordinaire, vous autres hommes!

— Et vous donc? fit Thaddée.

— Je connais si bien Adam que je suis sûre qu'il m'oublierait pour quelque faiseuse de tours comme votre Malaga. Mais où l'avez-vous vue?

— A Saint-Cloud, au mois de septembre dernier, le jour de la fête. Elle était dans le coin de l'échafaud couvert de toiles où se font les parades. Ses camarades, tous en costumes polonais, donnaient un effroyable charivari. Je l'ai aperçue muette, silencieuse, et j'ai cru deviner des pensées de mélancolie chez elle. N'y avait il pas de quoi

our une fille de vingt ans? Voilà ce qui m'a touché.
La comtesse était dans une pose délicieuse, pensive, uasi triste.

— Pauvre, pauvre Thaddée! s'écria t elle. Et avec la onhomie de la véritable grande dame, elle ajouta, non ans un sourire fin : Allez, allez au Cirque!

Thaddée lui prit la main, la lui baisa en y laissant une rme chaude et sortit. Après avoir inventé sa passion pour ne écuyère, il devait lui donner quelque réalité. Dans son écit il n'y avait de vrai que le moment d'attention obtenu ar l'illustre Malaga, l'écuyère de la famille Bouthor, à aint-Cloud, et dont le nom venait de frapper ses yeux le atin dans l'affiche du Cirque. Le paillasse, gagné par une eule pièce de cent sous, avait dit à Paz que l'écuyère tait un enfant trouvé, volé peut être. Thaddée alla donc u Cirque et revit la belle écuyère. Moyennant dix francs, n palefrenier, qui la remplace les habilleuses du théâtre, ui apprit que Malaga se nommait Marguerite Turquet, et emeurait rue des Fossés du Temple, à un cinquième étage.

Le lendemain, la mort dans l'âme, Paz se rendit au fauourg du Temple et demanda mademoiselle Turquet, pendant l'été la doublure de la plus illustre écuyère du Cirque, comparse au théâtre du boulevart pendant l'hiver.

— Malaga! cria la portière en se précipitant dans la mansarde, un beau monsieur pour vous! il prend des renseinements auprès de Chapuzot, qui le fait droguer pour me onner le temps de vous avertir.

— Merci, mame Chapuzot; mais que pensera t il en me oyant repasser ma robe?

— Ah bah! quand on aime, on aime tout de son objet.

— Est-ce un Anglais? ils aiment les chevaux!

— Non, il me fait l'effet d'être un Espagnol.

— Tant pis! on dit les Espagnols dans la débine... Resez donc avec moi, mame Chapuzot, je n'aurai pas l'air 'une abandonnée...

— Que demandez-vous, Monsieur? dit à Thaddée la ortière en ouvrant la porte.

— Mademoiselle Turquet.

— Ma fille, répondit la portière en se drapant, voici quelu'un qui vous réclame.

Une corde sur laquelle séchait du linge décoiffa le caitaine.

— Que désirez-vous, Monsieur? dit Malaga en ramassant le chapeau de Paz.

— Je vous ai vue au Cirque, vous m'avez rappelé une fille que j'ai perdue, Mademoiselle; et par attachement pour mon Héloïse, à qui vous ressemblez d'une manière frappante, je veux vous faire du bien, si toutefois vous le permettez.

— Comment donc! mais asseyez-vous donc, général, dit madame Chapuzot. On n'est pas plus honnête... ni plus galant.

— Je ne suis pas un galant, ma chère dame, fit Paz; je suis un père au désespoir qui veut se tromper par une ressemblance.

— Ainsi je passerai pour votre fille? dit Malaga très finement et sans soupçonner la profonde véracité de cette proposition.

— Oui, dit Paz, je viendrai vous voir quelquefois, et pour que l'illusion soit complète, je vous logerai dans un bel appartement, richement meublé...

— J'aurai des meubles? dit Malaga en regardant la Chapuzot.

— Et des domestiques, reprit Paz, et toutes vos aises.

Malaga regarda l'étranger en dessous.

— De quel pays est monsieur?

— Je suis Polonais.

— J'accepte alors, dit elle.

Paz sortit en promettant de revenir.

— En voilà une sévère! dit Marguerite Turquet en regardant madame Chapuzot. Mais j'ai peur que cet homme ne veuille m'amadouer pour réaliser quelque fantaisie. Bah! je me risque.

Un mois après cette bizarre entrevue, la belle écuyère habitait un appartement délicieusement meublé par le tapissier du comte Adam, car Paz voulut faire causer de sa folie à l'hôtel Laginski. Malaga, pour qui cette aventure fut un rêve des Mille et une Nuits, était servie par le ménage Chapuzot, à la fois ses confidents et ses domestiques. Les Chapuzot et Marguerite Turquet attendaient un dénoûment quelconque; mais après un trimestre, ni Malaga ni la Chapuzot ne surent comment expliquer le caprice du comte polonais. Paz venait passer une heure à peu près par semaine, pendant laquelle il restait dans le salon sans vouloir jamais aller ni dans le boudoir de Malaga, ni dans la chambre, où jamais il n'entra, malgré les plus habiles manœuvres de l'écuyère et des Chapuzot. Le comte s'informait des petits événements qui nuançaient la vie de la baladine, et chaque fois il laissait deux pièces de quarante francs sur la cheminée.

— Il a l'air bien ennuyé, disait madame Chapuzot.

— Oui, répondait Malaga, cet homme est froid comme verglas...

— Mais il est bon enfant tout de même, s'écriait Chapuzot, heureux de se voir habillé tout en drap bleu d'Elbeuf, et semblable à quelque garçon de bureau d'un ministère.

Par son offrande périodique, Paz constituait à Marguerite Turquet une rente de trois cent vingt francs par mois. Cette somme, jointe à ses maigres appointements du Cirque, lui fit une existence splendide en comparaison de sa misère passée. Il se répéta d'étranges récits au Cirque entre les artistes sur le bonheur de Malaga. La vanité de l'écuyère laissa porter à soixante mille francs les six mille francs que son appartement coûtait au prétendu capitaine. Au dire des clowns et des comparses, Malaga mangeait dans l'argent; elle venait d'ailleurs au Cirque avec de charmants burnous, des cachemires, de délicieuses écharpes. Enfin, le Polonais était la meilleure pâte d'homme qu'une écuyère pût rencontrer : point tracassier, point jaloux, laissant à Malaga toute sa liberté.

— Il y a des femmes qui sont bien heureuses! disait la rivale de Malaga. Ce n'est pas à moi, qui suis pour le tiers dans la recette, à qui pareille chose arriverait.

Malaga portait de jolis bibis, *faisait parfois sa tête* (admirable expression du dictionnaire des filles) en voiture, au bois de Boulogne, où la jeunesse élégante commençait à la remarquer. Enfin, on commençait à parler de Malaga dans le monde interlope des femmes équivoques, et l'on y attaquait son bonheur par des calomnies. On la disait somnambule, et le Polonais passait pour un magnétiseur qui cherchait la pierre philosophale. Quelques propos beaucoup plus envenimés que celui-là rendirent Malaga plus curieuse que Psyché; elle les rapporta tout en pleurant à Paz.

— Quand j'en veux à une femme, dit-elle en terminant,

je ne la calomnie pas, je ne prétends pas qu'on *la magnétise* pour y trouver des pierres ; je dis qu'elle est bossue, et je le prouve. Pourquoi me compromettez-vous ?

Paz garda le plus cruel silence. La Chapuzot finit par savoir le nom et le titre de Thaddée ; puis elle apprit à l'hôtel Laginski des choses positives : Paz était garçon, on ne lui connaissait de fille morte ni en Pologne ni en France. Malaga ne put alors se défendre d'un sentiment de terreur.

– Mon enfant, dit la Chapuzot, ce monstre-là...

Un homme qui se contentait de regarder d'une façon sournoise — en dessous, — sans oser se prononcer sur rien, — sans avoir de confiance, — une belle créature comme Malaga, dans les idées de la Chapuzot, devait être un monstre.

— Ce monstre-là vous apprivoise pour vous amener à quelque chose d'illégal ou de criminel... Dieu de Dieu, si vous alliez à la cour d'assises, ou, ce qui me fait frémir de la tête aux pieds, que j'en tremble rien que d'en parler, à la correctionnelle... qu'on vous met dans les journaux... Moi, savez vous à votre place ce que je ferais ? Eh bien ! *n*'à votre place, je préviendrais, pour ma sûreté, la police. »

Par un jour où les plus folles idées fermentèrent dans l'esprit de Malaga, quand Paz mit ses pièces d'or sur le velours de la cheminée, elle prit l'or et le lui jeta au nez en lui disant : Je ne veux pas d'argent volé.

Le capitaine donna l'or aux Chapuzot et ne revint plus. Clémentine passait alors la belle saison à la terre de son oncle, le marquis de Ronquerolles, en Bourgogne. Quand la troupe du Cirque ne vit plus Thaddée à sa place, il se fit une rumeur parmi les artistes. La grandeur d'âme de Malaga fut traitée de bêtise par les uns, de finesse par les autres. La conduite du Polonais, expliquée aux femmes les plus habiles, parut inexplicable. Thaddée reçut dans une seule semaine trente-sept lettres de femmes légères. Heureusement pour lui, son étonnante réserve n'alluma pas de curiosités dans le beau monde et resta l'objet des causeries du monde interlope.

Deux mois après, la belle écuyère, criblée de dettes, écrivit au comte Paz cette lettre que les dandies ont regardée dans le temps comme un chef-d'œuvre :

« Vous que j'ose encore appeler mon ami, aurez-vous pitié de moi après ce qui s'est passé et que vous avez si mal interprété? Tout ce qui a pu vous blesser, mon cœur le désavoue. Si j'ai été assez heureuse pour que vous trouviez du charme à rester auprès de moi comme vous faisiez, revenez..... autrement, je tomberai dans le désespoir. La misère est déjà venue, et vous ne savez pas tout ce qu'elle amène de *choses bêtes*. Hier, j'ai vécu avec un hareng de deux sous et un sou de pain. Est-ce là le déjeuner de votre amante? Je n'ai plus les Chapuzot, qui paraissaient m'être si dévoués! Votre absence a eu pour effet de me faire voir le fond des attachements humains.... Un chien qu'on a nourri ne nous quitte plus, et les Chapuzot sont partis. Un huissier, qui a fait le sourd, a tout saisi au nom du propriétaire, qui n'a pas de cœur, et du bijoutier, qui ne veut pas attendre seulement dix jours: car, avec votre confiance à vous autres, le crédit s'en va! Quelle position pour des femmes qui n'ont que de la joie à se reprocher! Mon ami, j'ai porté *chez ma tante* tout ce qui avait de la valeur; je n'ai plus rien que votre souvenir, et voilà la mauvaise saison qui arrive. Pendant l'hiver je suis sans feux, puisqu'on ne joue que des mimodrames au boulevart, où je n'ai presque rien à faire que des bouts de rôle qui ne *posent* pas une femme. Comment avez-vous pu vous méprendre à la noblesse de mes sentiments envers vous, car enfin nous n'avons pas deux manières d'exprimer notre reconnaissance? Vous qui paraissiez si joyeux de mon bien-être, comment m'avez-vous pu laisser dans la peine? O mon seul ami sur terre, avant d'aller recommencer à courir les foires avec le cirque Bouthor, car je gagnerai au moins ma vie ainsi, pardonnez-moi d'avoir voulu savoir si je vous ai perdu pour toujours. Si je venais à penser à vous au moment où je saute dans le cercle, je suis capable de me casser les jambes en perdant un *temps*! Quoi qu'il en soit, vous avez à vous pour la vie

« MARGUERITE TURQUET. »

« Cette lettre-là, se dit Thaddée en éclatant de rire, vaut mes dix mille francs! »

Clémentine arriva le lendemain, et, le lendemain, Paz la revit plus belle, plus gracieuse que jamais. Après le dîner, pendant lequel la comtesse eut un air de parfaite indifférence pour Thaddée, il se passa dans le salon, après le départ du capitaine, une scène entre le comte et sa femme. En ayant l'air de demander conseil à Adam, Thaddée lui avait laissé, comme par mégarde, la lettre de Malaga.

— Pauvre Thaddée! dit Adam à sa femme après avoir vu Paz s'esquivant. Quel malheur pour un homme si distingué d'être le jouet d'une baladine du dernier ordre! Il y perdra tout, il s'avilira, il ne sera plus reconnaissable dans quelque temps. Tenez, ma chère, lisez, dit le comte en tendant à sa femme la lettre de Malaga.

Clémentine lut la lettre, qui sentait le tabac, et la jeta par un geste de dégoût.

— Quelque épais que soit le bandeau qu'il a sur les yeux, il se sera sans doute aperçu de quelque chose, dit Adam. Malaga lui aura fait des traits.

— Et il y retourne! dit Clémentine, et il pardonnera! Ce n'est que pour ces horribles femmes-là que vous avez de l'indulgence!

— Elles en ont tant besoin! dit Adam.

— Thaddée se rendait justice... en restant chez lui, reprit-elle.

— Oh! mon ange, vous allez bien loin, dit le comte, qui, d'abord enchanté de rabaisser son ami aux yeux de sa femme, ne voulait pas la mort du pécheur.

Thaddée, qui connaissait bien Adam, lui avait demandé le plus profond secret : il avait parlé soi-disant pour faire excuser ses dissipations et prier son ami de lui laisser prendre un millier d'écus pour Malaga.

— C'est un homme qui a un fier caractère, reprit Adam.

— Comment cela?

— Mais ne pas avoir dépensé plus de dix mille francs pour elle, et se faire relancer par une pareille lettre avant de lui porter de quoi payer ses dettes! pour un Polonais, ma foi!...

— Mais il peut te ruiner, dit Clémentine avec le ton aigre de la Parisienne quand elle exprime sa défiance de chatte.

— Oh! je le connais, répondit Adam; il nous sacrifierait Malaga.

— Nous verrons, reprit la comtesse.

— S'il le fallait pour son bonheur, je n'hésiterais pas à lui demander de la quitter. Constantin m'a dit que pendant le temps de leur liaison. Paz, jusque alors si sobre, est quelquefois rentré très étourdi... S'il se laissait entraîner dans l'ivresse, je serais aussi chagrin que s'il s'agissait de mon enfant.

— Ne m'en dites pas davantage, s'écria la comtesse en faisant un autre geste de dégoût.

Deux jours après, le capitaine aperçut dans les manières, dans le son de voix, dans les yeux de la comtesse, les terribles effets de l'indiscrétion d'Adam. Le mépris avait creusé ses abîmes entre cette charmante femme et lui. Aussi tomba-t-il dès lors dans une profonde mélancolie, rongé par cette pensée : « Tu t'es rendu toi-même indigne d'elle ! » La vie lui devint pesante, le plus beau soleil fut grisâtre à ses yeux. Néanmoins, sous ces flots de douleurs amères, il trouva des moments de joie : il put alors se livrer sans danger à son admiration pour la comtesse, qui ne fit plus la moindre attention à lui quand, dans les fêtes, tapi dans un coin, muet, mais tout yeux et tout cœur, il ne perdait pas une de ses poses, pas un de ses chants quand elle chantait. Il vivait enfin de cette belle vie, il pouvait panser lui-même le cheval qu'elle allait monter, se dévouer à l'économie de cette splendide maison, pour les intérêts de laquelle il redoubla de dévoûment. Ces plaisirs silencieux furent ensevelis dans son cœur comme ceux de la mère dont l'enfant ne sait jamais rien du cœur de sa mère, car est-ce le savoir que d'en ignorer quelque chose ? N'était-ce pas plus beau que le chaste amour de Pétrarque pour Laure, qui se soldait en définitive par un trésor de gloire et par le triomphe de la poésie qu'elle avait inspirée ? La sensation que d'Assas dut éprouver en mourant n'est-elle pas toute une vie ? Cette sensation, Paz l'éprouva chaque jour sans mourir, mais aussi sans le loyer de l'immortalité. Qu'y a-t-il donc dans l'amour pour que, nonobstant ces délices secrètes, Paz fût dévoré de chagrins ? La religion catholique a tellement grandi l'amour, qu'elle y a marié pour ainsi dire indissolublement l'estime et la noblesse. L'amour ne va pas sans les supériorités dont s'enorgueillit l'homme, et il est tellement rare d'être aimé quand on est méprisé, que Thaddée mourait des plaies qu'il s'était volontairement faites. S'entendre dire qu'elle l'aurait aimé et mourir !... le pauvre amoureux eût trouvé sa vie assez payée. Les angoisses de sa situation antérieure lui semblaient préférables à vivre près d'elle, en l'accablant de ses générosités, sans être apprécié, compris. Enfin, il voulait le loyer de sa vertu. Il maigrit et jaunit : il tomba si bien malade, dévoré par une petite fièvre, que, pendant le mois de janvier, il fut obligé de rester au lit sans vouloir consulter de médecin. Le comte Adam conçut de vives inquiétudes sur son pauvre Thaddée. La comtesse eut alors la cruauté de dire en petit comité : « Laissez-le donc, ne voyez-vous pas qu'il a quelque remords olympique ? » Ce mot rendit à Thaddée le courage du désespoir ; il se leva, sortit, essaya de quelques distractions et recouvra la santé. Vers le mois de février, Adam fit une perte assez considérable au Jockey-Club, et, comme il craignait sa femme, il vint prier Thaddée de mettre cette somme sur le compte de ses dissipations avec Malaga.

« Qu'y a-t-il d'extraordinaire à ce que cette baladine t'ait coûté vingt mille francs ? Ça ne regarde que moi : tandis que, si la comtesse savait que je les ai perdus au jeu, je baisserais dans son estime ; elle aurait des craintes pour l'avenir.

— Encore cela, donc ! s'écria Thaddée en laissant échapper un profond soupir.

— Ah ! Thaddée, ce service-là nous acquitterait quand je ne serais pas déjà ton redevable.

— Adam, tu auras des enfants : ne joue plus, dit le capitaine.

— Malaga nous coûte encore vingt mille francs ! s'écria la comtesse quelques jours après en apprenant la générosité d'Adam envers Paz. Dix mille auparavant, en tout trente mille ! quinze cents francs de rente, le prix de ma loge aux Italiens, la fortune de bien des bourgeois... Oh ! vous autres Polonais, disait-elle en cueillant des fleurs dans sa belle serre, vous êtes incroyables. Tu n'es pas plus furieux que ça ?

— Ce pauvre Paz...

— Ce pauvre Paz, pauvre Paz, reprit-elle en interrompant, à quoi nous est-il bon ? Je vais me mettre à la tête de la maison, moi ! Tu lui donneras les cent louis de rentes qu'il a refusés, et il s'arrangera comme il l'entend avec le Cirque-Olympique.

— Il nous est bien utile, il nous a certes économisé plus de quarante mille francs depuis un an. Enfin, cher ange, il [illegible] placé cent mille francs chez Rothschild, en [illegible] tendant nous les avait volés...

Clémentine se [illegible], mais elle n'en fut pas moins dure pour Thaddée. Quelques jours après, elle prit l'air de venir dans ce boudoir où un an auparavant elle avait été surprise en [illegible]; cette fois, elle le reçut en tête à tête [illegible] le moindre danger.

— Mon cher [illegible], lui dit-elle avec la familiarité sans conséquence des [illegible], si vous aimez Adam comme vous le dites, vous avez une chose qu'il ne vous demandera jamais, mais que moi, sa femme, je n'hésite pas à exiger de vous...

— Il s'agit de [illegible], dit Thaddée avec une profonde [illegible]

— Eh bien! oui, dit-elle; si vous voulez finir vos jours avec nous, si vous voulez que nous restions bons amis, quittez la [illegible] vieux soldat...

— [illegible], et pas un [illegible]!

— Vous avez l'air d'un [illegible], dit-elle, c'est la même [illegible] un homme [illegible] bon calculateur, [illegible]

[illegible] dit par elle avec une [illegible] de réveiller en lui le noble sentiment qu'elle [illegible].

— [illegible] pas vous [illegible], reprit-elle après une pause [illegible] de l'air, [illegible] Malaga [illegible] la voir, et il la vue. [illegible] bien [illegible]... Eh donc! Voyez [illegible] pour vous qu'elle ne puisse [illegible]?

— [illegible] à faire pour [illegible] votre [illegible], il serait bientôt accompli; mais quitter Malaga [illegible] pas [illegible]...

— [illegible], voilà ce que je dirais si j'étais [illegible]. Eh bien! si je prends cela pour [illegible], il n'y a pas de quoi se fâcher.

[illegible] quelque sottise; il se [illegible] des pièces folles. Il alla se promener au grand air, [illegible] le froid, sans pouvoir [illegible] de son front.

« Je vous ai cru l'âme noble » ! Ces mots, il les entendait toujours. Et il y a bientôt un an, se disait-il, à entendre Clémentine, j'avais à moi seul battu les Russes ! Il pensait à laisser l'hôtel Laginski, à demander du service dans les spahis et à se faire tuer en Afrique ; mais il fut arrêté par une horrible crainte. — Sans moi, que deviendraient-ils ? on les aurait bientôt ruinés. Pauvre comtesse ! quelle horrible vie pour elle que d'être seulement réduite à trente mille livres de rentes ! Allons, se dit-il, puisqu'elle est perdue pour moi, du courage, et achevons mon ouvrage.

Chacun sait que depuis 1830 le carnaval a pris à Paris un développement prodigieux qui le rend européen et bien autrement burlesque, bien autrement animé que le feu carnaval de Venise. Est-ce que, les fortunes diminuant outre mesure, les Parisiens auraient inventé de s'amuser collectivement, comme avec leurs clubs ils font des salons sans maîtresses de maison, sans politesse et à bon marché ? Quoi qu'il en soit, le mois de mars prodiguait alors ces bals où la danse, la farce, la grosse joie, le délire, les images grotesques et les railleries aiguisées par l'esprit parisien arrivent à des effets gigantesques. Cette folie avait alors, rue Saint-Honoré, son Pandemonium, et dans Musard son Napoléon, un petit homme fait exprès pour commander une musique aussi puissante que la foule en désordre, et pour conduire le galop, cette ronde du sabbat, une des gloires d'Auber, car le galop n'a eu sa forme et sa poésie que depuis le grand galop de *Gustave*. Cet immense final ne pourrait-il pas servir de symbole à une époque où, depuis cinquante ans, tout défile avec la rapidité d'un rêve ? Or, le grave Thaddée, qui portait une divine image immaculée dans son cœur, alla proposer à Malaga, la reine des danses de carnaval, de passer une nuit au bal Musard, quand il sut que la comtesse, déguisée jusqu'aux dents, devait venir voir, avec deux autres jeunes femmes accompagnées de leurs maris, le curieux spectacle d'un de ces bals monstrueux. Le mardi gras de l'année 1838, à quatre heures du matin, la comtesse, enveloppée d'un domino noir et assise sur les gradins d'un des amphithéâtres de cette salle babylonienne où, depuis, Valentino donne ses concerts, vit défiler dans le galop Thaddée, en Robert-Macaire, conduisant l'écuyère en costume de sauvagesse, la tête harnachée de plumes comme un cheval du sacre, et bondissant par-dessus les groupes en vrai feu follet.

— Ah ! dit Clémentine à son mari, vous autres Polonais, vous êtes des gens sans caractère. Qui n'aurait pas eu confiance en Thaddée ? Il m'a donné sa parole, sans savoir que je serais ici voyant tout et n'étant pas vue.

Quelques jours après, elle eut Paz à dîner. Après le dîner, Adam les laissa seuls, et Clémentine gronda Thaddée de manière à lui faire sentir qu'elle ne le voulait plus au logis.

— Oui, madame, dit humblement Thaddée, vous avez raison, je suis un misérable, j'avais donné ma parole. Mais que voulez-vous ? j'avais remis à quitter Malaga après le carnaval... Je serai franc, d'ailleurs : cette femme exerce un tel empire sur moi que...

— Une femme qui se fait mettre à la porte de chez Musard par les sergents de ville, et pour quelle danse !

— J'en conviens, je passe condamnation, je quitterai *votre* maison. Mais vous connaissez Adam. Si je vous abandonne les rênes de votre fortune, il vous faudra déployer bien de l'énergie. Si j'ai le vice de Malaga, je sais avoir l'œil à vos affaires, mener vos gens et veiller aux moindres détails. Laissez-moi donc ne vous quitter qu'après vous avoir vue en état de continuer mon administration. Vous avez maintenant trois ans de mariage, et vous êtes à l'abri des premières folies que fait faire la lune de miel. Les Parisiennes, et les plus titrées, s'entendent aujourd'hui très bien à gouverner une fortune et une maison... Eh bien ! quand je serai certain au moins de votre capacité que de votre fermeté, je quitterai Paris.

— C'est le Thaddée de Varsovie, et non le Thaddée du Cirque, qui parle, répondit-elle. Revenez-nous guéri !

— Guéri ?... jamais, dit Paz les yeux baissés en regardant les jolis pieds de Clémentine. Vous ignorez, comtesse, ce que cette femme a de piquant et d'imprévu dans l'esprit. — En sentant son courage faillir il ajouta : Il n'y a pas de femme du monde avec ses airs de mijaurée qui vaille cette franche nature de jeune animal...

— Le fait est que je ne voudrais rien avoir de l'animal, dit la comtesse en lui lançant un regard de vipère en colère.

A compter de cette matinée, le comte Paz mit Clémentine au fait de ses affaires, se fit son précepteur, lui apprit les difficultés de la gestion de ses biens, le véritable prix des choses, et la manière de ne point se laisser trop voler par les gens. Elle pouvait compter sur Constantin et faire de lui son majordome. Thaddée avait formé Constantin. Au mois de mai, la comtesse lui parut parfaitement en état de conduire sa fortune : car Clémentine était de ces femmes au coup d'œil juste, plein d'instinct, et chez qui le génie de la maîtresse de maison est inné.

Cette situation amenée par Thaddée avec tant de naturel eut une péripétie horrible pour lui, car ses souffrances ne devaient pas être aussi douces qu'il se les faisait. Ce pauvre amant n'avait pas compté le hasard pour quelque chose. Or, Adam tomba très sérieusement malade. Thaddée, au lieu de partir, servit de garde-malade à son ami. Le dévouement du capitaine fut infatigable. Une femme qui aurait eu de l'intérêt à déployer la longue-vue de la perspicacité eût vu dans l'héroïsme du capitaine une sorte de punition que s'imposent les âmes nobles pour réprimer leurs mauvaises pensées involontaires ; mais les femmes voient tout ou ne voient rien, selon leurs dispositions d'âme : l'amour est leur seule lumière.

Pendant quarante-cinq jours, Paz veilla, soigna Mitgislas, sans qu'il parût penser à Malaga, par l'excellente raison qu'il n'y avait jamais pensé. En voyant Adam à la mort et ne mourant pas, Clémentine assembla les plus célèbres docteurs.

S'il se sauve de là, dit le plus savant des médecins, ce ne peut être que par un effort de la nature. C'est à ceux qui lui donnent des soins à étudier ce moment et seconder la nature. La vie du comte est entre les mains de ses garde-malades.

Thaddée alla communiquer cet arrêt à Clémentine, alors assise sous le pavillon chinois, autant pour se reposer de ses fatigues que pour laisser le champ libre aux médecins et ne pas les gêner. En suivant les méandres de l'allée sablée qui menait du boudoir au rocher sur lequel s'élevait le pavillon chinois, l'amant de Clémentine était comme au fond d'un des abîmes décrits par Alighieri. Le malheureux n'avait pas prévu la possibilité de devenir le mari de Clémentine et s'était enterré lui-même dans une fosse de boue. Il arriva, le visage décomposé, sublime de douleur. Sa tête, comme celle de Méduse, communiquait le désespoir.

— [illegible] Clémentine.

— Ils l'ont condamné; car moi[illegible], ils le remettent à la nature. N'y allez pas, ils y sont encore, et Bianchon va le- ver lui-même les appareils.

— Pauvre homme! je me demande si je ne l'ai pas quel- quefois tourmenté, dit-elle.

— Vous l'avez rendu bien heureux, soyez tranquille à ce sujet, dit Thaddée, et vous avez eu de l'indulgence pour lui…

— Ma perte serait irréparable.

— [illegible], en supposant que le comte succombe, ne l'aviez-vous pas jugé?

— Je l'aimais sans aveuglement, dit-elle; mais je l'ai- mais comme une femme doit aimer son mari.

— Vous devez donc, reprit Thaddée d'une voix que [illegible] par ces inflexions, avoir moins de regrets que si vous perdiez un de ces hommes qui sont votre orgueil, votre amour et toute votre vie, à vous autres femmes! [illegible] tel que moi… de le [illegible]… [illegible] votre [illegible], j'avais fait [illegible], et je lui ai [illegible] ma vie. Je serai donc [illegible] sur la terre. Mais la vie est encore belle à une veuve de vingt-quatre ans.

— Eh! vous savez bien que je n'aime personne, dit-elle avec le laisser-aller de la douleur.

— Vous ne savez pas encore ce que c'est que d'aimer, dit Thaddée.

— Oh! mon pauvre mari, je suis assez [illegible] pour préférer [illegible] Adam [illegible] supérieur. [illegible] nous disons : Vive [illegible]! Ces alternatives [illegible], ainsi que vous l'êtes, à cette perte de [illegible] avec vous. Eh bien! je [illegible] de ma vie pour conserver celle d'Adam. L'in- dépendance d'une femme à Paris, n'est-ce pas la permission de se laisser prendre aux semblants d'amour des gens rui- nés ou [illegible]! Je prie Dieu de me laisser ce maître [illegible] si bon enfant, si [illegible], et qui com- mençait à [illegible].

— Vous êtes [illegible], et je vous en [illegible] davantage, dit Thaddée en [illegible] et baisant la main de Clémentine, qui le laissa faire. [illegible] il y a je ne sais quelle [illegible] femme sans hypocrisie. On peut causer avec vous. Voyons l'avenir; supposons que Dieu ne vous écoute pas, et je suis un de ceux qui sont le plus disposés à lui crier : « Laissez-moi mon ami ! » Oui, ces cinquante nuits n'ont pas affaibli mes yeux, et, fallût il trente jours et trente nuits de soins, vous dormirez, vous, madame, quand je veillerai. Je saurai l'arracher à la mort, si, comme *ils* le disent, on peut le sauver par des soins. Enfin, malgré vous et malgré moi, le comte est mort. Eh bien ! si vous étiez aimée, oh ! mais adorée par un homme de cœur et d'un caractère digne du vôtre...

— J'ai peut-être follement désiré d'être aimée, mais je n'ai pas rencontré...

— Si vous aviez été trompée...

Clémentine regarda fixement Thaddée en lui supposant moins de l'amour qu'une pensée cupide, elle le couvrit de son mépris en le toisant des pieds à la tête, et l'écrasa par ces deux mots : « Pauvre Malaga ! » prononcés en trois tons que les grandes dames seules savent trouver dans le registre de leurs dédains. Elle se leva, laissa Thaddée évanoui, car elle ne se retourna point, marcha d'un mouvement noble vers son boudoir, et remonta dans la chambre d'Adam.

Une heure après, Paz revint dans la chambre du malade; et, comme s'il n'avait pas reçu le coup de la mort, il prodigua ses soins au comte. Depuis ce fatal moment il devint taciturne; il eut d'ailleurs un duel avec la maladie, il la combattait de manière à exciter l'admiration des médecins. A toute heure on trouvait ses yeux allumés comme deux lampes. Sans témoigner le moindre ressentiment à Clémentine, il écoutait ses remercîments sans les accepter, il semblait être sourd. Il s'était dit : « Elle me devra la vie d'Adam ! » et cette parole, il l'écrivait pour ainsi dire en traits de feu dans la chambre du malade. Le quinzième jour, Clémentine fut obligée de restreindre ses soins, sous peine de succomber à tant de fatigues. Paz était infatigable. Enfin, vers la fin du mois d'août, Bianchon, le médecin de la maison, répondit de la vie du comte à Clémentine.

— Ah ! madame, ne m'en ayez pas la moindre obligation, dit il. Sans son ami nous ne l'aurions pas sauvé !

Le lendemain de la terrible scène sous le pavillon chinois, le marquis de Ronquerolles était venu voir son neveu, car il partait pour la Russie, chargé d'une mission secrète, et Paz, foudroyé de la veille, avait dit quelques mots au diplomate. Or, le jour où le comte Adam et sa femme sortirent pour la première fois en calèche, au moment où la calèche allait quitter le perron, un gendarme entra dans la cour de l'hôtel et demanda le comte Paz. Thaddée, assis sur le devant de la calèche, se retourna pour prendre une lettre qui portait le timbre du ministère des affaires étrangères et la mit dans la poche de côté de son habit par un mouvement qui empêcha Clémentine et Adam de lui en parler. On ne peut nier aux gens de bonne compagnie la science du langage qui ne se parle pas. Néanmoins, en arrivant à la porte Maillot, Adam, usant des priviléges d'un convalescent dont les caprices doivent être satisfaits, dit à Thaddée : — Il n'y a point d'indiscrétion entre deux frères qui s'aiment autant que nous nous aimons : tu sais ce que contient la dépêche ; dis-le moi, j'ai une fièvre de curiosité.

Clémentine regarda Thaddée en femme fâchée, et dit à son mari :

— Il me boude tant depuis deux mois que je me garderais bien d'insister.

— Oh ! mon Dieu, répondit Thaddée, comme je ne puis pas empêcher les journaux de le publier, je vous révélerai bien ce secret : l'empereur Nicolas me fait la grâce de me nommer capitaine dans un régiment destiné à l'expédition de Khiva.

— Et tu y vas ? s'écria Adam.

— J'irai, mon cher. Je suis venu capitaine, capitaine je m'en retourne... Malaga pourrait me faire faire des sottises. Nous dînons pour la dernière fois ensemble. Si je ne partais pas en septembre pour Saint-Pétersbourg, il faudrait y aller par terre, et je ne suis pas riche, je dois laisser à Malaga sa petite indépendance. Comment ne pas veiller à l'avenir de la seule femme qui m'ait su comprendre ? Elle me trouve grand, Malaga ! Malaga me trouve beau ! Malaga m'est peut-être infidèle, mais elle passerait dans le....

— Dans le cerceau pour vous et retomberait très-bien sur son cheval, dit vivement Clémentine.

— Oh ! vous ne connaissez pas Malaga, dit le capitaine avec une profonde amertume et un regard d'ironie qui rendirent Clémentine rêveuse et inquiète.

— Adieu les jeunes arbres de ce beau bois de Boulogne où se promènent les Parisiennes, où se promènent les exilés qui y retrouvent une patrie. Je suis sûr que mes yeux ne reverront plus les arbres verts de l'Allée de Mademoiselle, ni ceux de la route des Dames, ni les acacias, ni les cèdres des ronds-points... Sur les bords de l'Asie, obéissant aux desseins du grand empereur que j'ai voulu pour maître, arrivé peut-être au commandement d'une armée à force de courage, à force de mettre ma vie au jeu, peut-être regretterai-je les Champs-Élysées où vous m'avez, une fois, fait monter à côté de vous. Enfin, je me rappellerai toujours les rigueurs de Malaga, la Malaga de qui je parle en ce moment.

Ce fut dit de manière à faire frissonner Clémentine.

— Vous aimez donc bien Malaga? demanda-t-elle.

— Je lui ai sacrifié cet honneur que nous ne sacrifions jamais...

— Lequel ?

— Mais celui que nous voudrions conserver à tout prix aux yeux de notre idole.

Après cette réponse, Thaddée garda le plus impénétrable silence, et il ne le rompit qu'une fois sur les Champs-Élysées, où il dit en montrant un bâtiment en planches : — Voilà le Cirque !

Il alla quelques moments avant le dîner à l'ambassade de Russie, de là aux affaires étrangères, et il partit pour le Havre le matin, avant le lever de la comtesse et d'Adam.

— Je perds un ami, dit Adam les larmes aux yeux en apprenant le départ du comte Paz, un ami dans la véritable acception du mot, et je ne sais pas ce qui peut lui faire fuir ma maison comme la peste. Nous ne sommes pas amis à nous brouiller pour une femme, dit-il en regardant fixement Clémentine, et cependant tout ce qu'il disait hier de Malaga... Mais il n'a jamais touché le bout du doigt à cette fille...

— Comment le savez-vous ? dit Clémentine.

— Mais j'ai naturellement eu la curiosité de voir mademoiselle Turquet, et la pauvre fille ne peut pas encore s'expliquer la réserve absolue de Thaddée...

— Assez, monsieur, dit la comtesse, qui se retira chez elle en se disant : Ne serais-je pas victime d'une mystification sublime ?

A peine achevait-elle cette phrase en elle-même, que Constantin remit à Clémentine la lettre suivante, que Thaddée avait griffonnée pendant la nuit :

[illegible] Comtesse, aller se [illegible] Camors [illegible] votre mépris, c'est trop [illegible] doit mourir tout entier. Je vous ai cherchée [illegible] vous vis pour la première fois, [illegible] une femme [illegible] toujours, même après son [illegible] d'Adam, qui vous avait [illegible]. Dans cet horrible malheur, j'ai [illegible] de ma vie. [illegible] d'Adam [illegible]

» vu de vous, j'oubliais que personne ne m'aimait... Enfin
» je n'avais alors que mes dix-huit ans. Par certains jours
» où mon bonheur me tournait la tête, j'allais, la nuit, bai-
» ser l'endroit où, pour moi, vos pieds laissaient des traces
» lumineuses, comme jadis je fis des miracles de voleur
» pour aller baiser la clef que la comtesse Ladislas avait
» touchée de ses mains en ouvrant une porte. L'air que
» vous respiriez était balsamique; il y avait pour moi plus
» de vie à l'aspirer, et j'y étais comme on est, dit-on, sous
» les tropiques, accablé par une vapeur chargée de princi-
» pes créateurs. Il faut bien vous dire ces choses pour vous
» expliquer l'étrange fatuité de mes pensées involontaires.
» Je serais mort avant de vous avouer mon secret! Vous
» devez vous rappeler les quelques jours de curiosité pen-
» dant lesquels vous avez voulu voir l'auteur des miracles
» qui vous avaient enfin frappée. J'ai cru, pardonnez-moi,
» Madame, j'ai cru que vous m'aimeriez. Votre bienveil-
» lance, vos regards interprétés par un amant, m'ont paru
» si dangereux pour moi, que je me suis donné Malaga,
» sachant qu'il est de ces liaisons que les femmes ne par-
» donnent point: je me la suis donnée au moment où j'ai
» vu mon amour se communiquer fatalement. Accablez-
» moi maintenant du mépris que vous m'avez versé à plei-
» nes mains sans que je le méritasse; mais je crois être cer-
» tain que, dans la soirée où votre tante a emmené le comte,
» si je vous avais dit ce que je viens de vous écrire, l'ayant
» dit une fois, j'aurais été comme le tigre apprivoisé qui a
» remis ses dents à de la chair vivante, qui sent la chaleur
» du sang, et...

» Minuit.

» Je n'ai pu continuer, le souvenir de cette heure est en-
» core trop vivant! Oui, j'eus alors le délire. L'Espérance
» était dans vos yeux, la Victoire et ses pavillons rouges
» eussent brillé dans les miens et fasciné les vôtres. Mon
» crime a été de penser tout cela, peut-être à tort. Vous
» seule êtes le juge de cette terrible scène où j'ai pu refou-
» ler amour, désir, les forces les plus invincibles de l'hom-
» me, sous la main glaciale d'une reconnaissance qui doit
» être éternelle. Votre terrible mépris m'a puni. Vous m'a-
» vez prouvé qu'on ne revient ni du dégoût ni du mépris.
» Je vous aime comme un insensé. Je serais parti Adam

mort : je dois à plus forte raison partir Adam sauvé. L'on n'arrache pas son ami des bras de la mort pour le tromper. D'ailleurs, mon départ est la punition de la pensée que j'ai eue de le laisser périr quand les médecins m'ont dit que sa vie dépendait de ses garde-malades. Adieu, Madame ; je perds tout en quittant Paris, et vous ne perdez rien en n'ayant plus auprès de vous

« Votre dévoué

« *Thaddée Paz.* »

Si mon pauvre Adam dit avoir perdu un ami, qu'ai-je donc perdu, moi ? se dit Clémentine en restant abattue les yeux attachés sur une fleur de son tapis.

Voici la lettre que Constantin remit en secret au comte :

« Mon cher Mitgislas, Malaga m'a tout dit. Au nom de ton bonheur, qu'il ne t'échappe jamais avec Clémentine un mot sur les visites chez l'écuyère, et laisse-lui toujours croire que Malaga me coûte cent mille francs. Du caractère dont est la comtesse, elle ne te pardonnerait ni tes pertes au jeu ni tes visites à Malaga. Je ne vais pas à Khiva, mais au Caucase. J'ai le spleen, et, du train dont j'irai, je serai prince Paz en trois ans ou mort. Adieu ; quoique j'aie repris soixante mille francs chez Rothschild, nous sommes quittes.

« *Thaddée.* »

— Imbécile que je suis ! j'ai failli me couper tout à l'heure, se dit Adam.

Voici trois ans que Thaddée est parti, les journaux ne parlent encore d'aucun prince Paz. La comtesse Laginska s'intéresse énormément aux expéditions de l'empereur Nicolas, elle est Russe de cœur, elle lit avec une espèce d'avidité toutes les nouvelles qui viennent de ce pays. Une ou deux fois par hiver, elle dit d'un air indifférent à l'ambassadeur : Savez-vous ce qu'est devenu notre pauvre comte Paz ?

Hélas ! la plupart des Parisiennes, ces créatures prétendues si perspicaces et si spirituelles, passent et passeront toujours à côté d'un Paz sans l'apercevoir. Oui, plus d'un Paz est méconnu ; mais, chose effrayante à penser ! il en est de méconnus même lorsqu'ils sont aimés. La femme la plus simple du monde exige encore [illegible] l'homme le plus [illegible] un peu de charlatanisme; et le plus bel amour ne signifie rien quand il est beau : il lui faut la mise en scène de la taille et de la [illegible].

Au mois de janvier 1842, la comtesse Laginska, parée de sa douce mélancolie, inspira la plus furieuse passion au comte de La Palférine, un des lions les plus entreprenants du Paris actuel. La Palférine comprit combien la conquête d'une femme gardée par une Clémentine était difficile. Pour entraîner cette charmante femme, il compta sur une surprise et sur le [illegible] d'une femme un peu jalouse de Clémentine et qui devait se prêter à ménager le hasard de cette surprise.

Incapable, malgré tout son esprit, de soupçonner une trahison pareille, la comtesse Laginska commit l'imprudence d'aller avec cette soi-disant amie au bal masqué de l'Opéra. Vers trois heures du matin, entraînée par l'[illegible] du bal, Clémentine, pour qui La Palférine avait [illegible] toutes ses séductions, [illegible] pour monter dans la voiture de cette fausse amie. [illegible] que, elle fut prise par un bras vigoureux, et, malgré ses cris, portée dans sa propre voiture, dont la portière était ouverte, et qu'elle ne [illegible].

— Il n'y a que Paris, [illegible] Chablée, qui [illegible] la voiture emportant la comtesse.

Jamais femme [illegible] cette heure Clémentine espère revoir Paz.

[illegible] 1842.

MADAME FIRMIANI.

A MON CHER ALEXANDRE DE BERNY.

DE BALZAC.

vain, semblable à un chirurgien près d'un ami mourant, s'est pénétré d'une espèce de respect pour le sujet qu'il maniait, pourquoi le lecteur ne partagerait-il pas ce sentiment inexplicable? Est-ce une chose difficile que de s'initier à cette vague et nerveuse tristesse qui répand des teintes grises autour de nous, demi-maladie dont les molles souffrances plaisent parfois? Si vous pensez par hasard aux personnes chères que vous avez perdues, si vous êtes seul, s'il est nuit ou si le jour tombe, poursuivez la lecture de cette histoire; autrement, vous jetteriez le livre ici. Si vous n'avez pas enseveli déjà quelque bonne tante infirme ou sans fortune, vous ne comprendrez point ces pages. Aux uns elles sembleront imprégnées de musc; aux autres elles paraîtront aussi décolorées, aussi vertueuses que peuvent l'être celles de Florian. Pour tout dire, le lecteur doit avoir connu la volupté des larmes, avoir senti la douleur muette d'un souvenir qui passe légèrement, chargé d'une ombre chère, mais d'une ombre lointaine; il doit posséder quelques uns de ces souvenirs qui font tout à la fois regretter ce que vous a dévoré la terre, et sourire d'un bonheur évanoui. Maintenant, croyez que, pour les richesses de l'Angleterre, l'auteur ne voudrait pas extorquer à la poésie un seul de ses mensonges pour embellir sa narration. Ceci est une histoire vraie, et pour laquelle vous pouvez dépenser les trésors de votre sensibilité, si vous en avez.

Aujourd'hui, notre langue a autant d'idiomes qu'il existe de Variétés d'hommes dans la grande famille française. Aussi est-ce vraiment chose curieuse et agréable que d'écouter les différentes acceptions ou versions données sur une même chose ou sur un même événement par chacune des Espèces qui composent la monographie du Parisien, le Parisien étant pris pour généraliser la thèse.

Ainsi, vous eussiez demandé à un sujet appartenant au genre des Positifs : — Connaissez-vous madame Firmiani? cet homme vous eût traduit madame Firmiani par l'inventaire suivant : Un grand hôtel situé rue du Bac, des salons bien meublés, de beaux tableaux, cent bonnes mille livres de rente, et un mari jadis receveur général dans le département de Montenotte. Ayant dit, le Positif, homme gros et rond, presque toujours vêtu de noir, fait une petite grimace de satisfaction, relève sa lèvre inférieure en la froissant de manière à en ouvrir la superficie, et hoche la tête comme s'il ajoutait : Voilà des gens solides et sur lesquels il n'y a rien à dire. Ne lui demandez rien de plus ! Les Positifs expliquent tout par des chiffres, par des rentes, ou par les biens au soleil, un mot de leur lexique.

Tournez à droite, allez interroger cet autre qui appartient au genre des Flâneurs, répétez-lui votre question :

— Madame Firmiani ? dit-il, oui, oui, je la connais bien, je vais à ses soirées. Elle reçoit le mercredi ; c'est une maison fort honorable. Déjà, madame Firmiani se métamorphose en maison. Cette maison n'est plus un amas de pierres superposées architectoniquement ; non, ce mot est, dans la langue des Flâneurs, un idiotisme intraduisible. Ici, le Flâneur, homme sec, à sourire agréable, disant de jolis riens, ayant toujours plus d'esprit acquis que d'esprit naturel, se penche à votre oreille, et d'un air fin vous dit : — Je n'ai jamais vu monsieur Firmiani. Sa position sociale consiste à gérer des biens en Italie ; mais madame Firmiani est Française, et dépense ses revenus en Parisienne. Elle a d'excellent thé ! C'est une des maisons aujourd'hui si rares où l'on s'amuse et où ce que l'on vous donne est exquis. Il est d'ailleurs fort difficile d'être admis chez elle. Aussi la meilleure société se trouve-t-elle dans ses salons ! Puis le Flâneur commente ce dernier mot par une prise de tabac saisie gravement ; il se garnit le nez à petits coups, et semble vous dire : — Je vais dans cette maison, mais ne comptez pas sur moi pour vous y présenter.

Madame Firmiani tient pour les Flâneurs une espèce d'auberge sans enseigne.

— Que veux-tu donc aller faire chez madame Firmiani ? mais l'on s'y ennuie autant qu'à la cour. A quoi sert d'avoir de l'esprit, si ce n'est à éviter des salons où, par la poésie qui court, on lit la plus petite ballade fraîchement éclose ?

Vous avez questionné l'un de vos amis classé parmi les Personnels, gens qui voudraient tenir l'univers sous clef et n'y rien laisser faire sans leur permission. Ils sont malheureux de tout le bonheur des autres, ne pardonnent qu'aux vices, aux chutes, aux infirmités, et ne veulent que des protégés. Aristocrates par inclination, ils se font républicains par dépit, uniquement pour trouver beaucoup d'inférieurs parmi leurs égaux.

— Oh ! madame Firmiani, mon cher, est une de ces femmes adorables qui servent d'excuse à la nature pour toutes les laides qu'elle a créées par erreur; elle est ravissante! elle est bonne! Je ne voudrais être au pouvoir, devenir roi, posséder des millions, que pour (*ici trois mots dits à l'oreille*). Veux-tu que je t'y présente?...

Ce jeune homme est du genre Lycéen, connu pour sa grande hardiesse entre hommes et sa grande timidité à huis clos.

— Madame Firmiani? s'écrie un autre en faisant tourner sa canne sur elle-même, je vais te dire ce que j'en pense: c'est une femme entre trente et trente-cinq ans, figure passée, beaux yeux, taille plate, voix de contralto usée, beaucoup de toilette, un peu de rouge, charmantes manières; enfin, mon cher, les restes d'une jolie femme, qui néanmoins valent encore la peine d'une passion.

Cette sentence est due à un sujet du genre Fat qui vient de déjeuner, ne pèse plus ses paroles et va monter à cheval. En ces moments les Fats sont impitoyables.

— Il y a chez elle une galerie de tableaux magnifiques, allez la voir! vous répond un autre. Rien n'est si beau!

Vous vous êtes adressé au genre Amateur. L'individu vous quitte pour aller chez Perignon ou chez Tripet. Pour lui madame Firmiani est une collection de toiles peintes.

UNE FEMME. — Madame Firmiani? Je ne veux pas que vous alliez chez elle.

Cette phrase est la plus riche des traductions. Madame Firmiani! femme dangereuse! une sirène! elle se met bien, elle a du goût, elle cause des insomnies à toutes les femmes. L'interlocutrice appartient au genre des Tracassiers.

UN ATTACHÉ D'AMBASSADE. — Madame Firmiani! N'est-elle pas d'Anvers? J'ai vu cette femme-là bien belle il y a dix ans. Elle était alors à Rome. Les sujets appartenant à la classe des Attachés ont la manie de dire des mots à la Talleyrand; leur esprit est souvent si fin, que leurs aperçus sont imperceptibles; ils ressemblent à ces joueurs de billard qui évitent les billes avec une adresse infinie. Ces individus sont généralement peu parleurs; mais, quand ils parlent, ils ne s'occupent que de l'Espagne, de Vienne, de l'Italie ou de Pétersbourg. Les noms de pays sont chez eux comme des ressorts; pressez-les, la sonnerie vous dira tous ses airs.

— Cette madame Firmiani ne voit-elle pas beaucoup le

faubourg Saint-Germain? Ceci est dit par une personne qui veut appartenir au genre Distingué. Elle donne le *de* à tout le monde, à monsieur Dupin l'aîné, à monsieur Lafayette; elle le jette à tort et à travers, elle en déshonore les gens. Elle passe sa vie à s'inquiéter de ce qui est *bien*; mais, pour son supplice, elle demeure au Marais, et son mari a été avoué, mais avoué à la cour royale.

— Madame Firmiani, monsieur? je ne la connais pas. Cet homme appartient au genre des Ducs. Il n'avoue que les femmes présentées. Excusez-le, il a été fait duc par Napoléon.

— Madame Firmiani? N'est-ce pas une ancienne actrice des Italiens? Homme du genre Niais. Les individus de cette classe veulent avoir réponse à tout. Ils calomnient plutôt que de se taire.

DEUX VIEILLES DAMES (*femmes d'anciens magistrats*). LA PREMIÈRE (Elle a un bonnet à coques, sa figure est ridée, son nez est pointu, elle tient un Paroissien, voix dure) : Qu'est-elle en son nom, cette madame Firmiani? LA SECONDE (petite vieille rouge comme une vieille pomme d'api, voix douce) : Une Cadignan, ma chère, nièce du vieux prince de Cadignan, et cousine par conséquent du duc de Maufrigneuse.

Madame Firmiani est une Cadignan. Elle n'aurait ni vertus, ni fortune, ni jeunesse, ce serait toujours une Cadignan. Une Cadignan, c'est comme un préjugé, toujours riche et vivant.

UN ORIGINAL : — Mon cher, je n'ai jamais vu de socques dans son antichambre, tu peux aller chez elle sans te compromettre et y jouer sans crainte, parce que, s'il y a des fripons, ils sont gens de qualité; partant, on ne s'y querelle pas.

VIEILLARD APPARTENANT AU GENRE DES OBSERVATEURS. — Vous irez chez madame Firmiani, vous trouverez, mon cher, une belle femme nonchalamment assise au coin de sa cheminée. A peine se lèvera-t-elle de son fauteuil; elle ne le quitte que pour les femmes ou les ambassadeurs, les ducs, les gens considérables. Elle est fort gracieuse, elle charme, elle cause bien et veut causer de tout. Il y a chez elle tous les indices de la passion, mais on lui donne trop d'adorateurs pour qu'elle ait un favori. Si les soupçons ne planaient que sur deux ou trois de ses intimes, nous saurions quel est son cavalier servant ; mais c'est une femme tout mystère : elle est mariée, et jamais nous n'avons vu son mari ; monsieur Firmiani est un personnage tout à fait fantastique, il ressemble à ce troisième cheval que l'on paie toujours en courant la poste et qu'on n'aperçoit jamais. Madame, à entendre les artistes, est le premier contr'alto d'Europe et n'a pas chanté trois fois depuis qu'elle est à Paris ; elle reçoit beaucoup de monde et ne va chez personne.

L'Observateur parle en prophète. Il faut accepter ses paroles, ses anecdoctes, ses citations, comme des vérités, sous peine de passer pour un homme sans instruction, sans moyens. Il vous calomniera gaîment dans vingt salons où il est essentiel comme une première pièce sur l'affiche, ces pièces si souvent jouées pour les banquettes et qui ont eu du succès autrefois. L'Observateur a quarante ans, ne dîne jamais chez lui, se dit peu dangereux près des femmes ; il est poudré, porte un habit marron, a toujours une place dans plusieurs loges aux Bouffons. Il est quelquefois confondu parmi les Parasites, mais il a rempli de trop hautes fonctions pour être soupçonné d'être un pique-assiette, et possède d'ailleurs une terre dans un département dont le nom ne lui est jamais échappé.

— Madame Firmiani ? mais, mon cher, c'est une ancienne maîtresse de Murat ! Celui-ci est dans la classe des Contradicteurs. Ces sortes de gens font les *errata* de tous les mémoires, rectifient tous les faits, parient toujours cent contre un, sont sûrs de tout. Vous les surprenez dans la même soirée en flagrant délit d'ubiquité : ils disent avoir été arrêtés à Paris lors de la conspiration Mallet, en oubliant qu'ils venaient, une demi-heure auparavant, de passer la Bérésina. Presque tous les Contradicteurs sont chevaliers de la Légion-d'Honneur, parlent très haut, ont un front fuyant et jouent gros jeu.

— Madame Firmiani cent mille livres de rente ?.... êtes-vous fou ! Vraiment, il y a des gens qui vous donnent des cent mille livres de rente avec la libéralité des auteurs, auxquels cela ne coûte rien quand ils dotent leurs héroïnes. Mais madame Firmiani est une coquette qui dernièrement a ruiné un jeune homme et l'a empêché de faire un très beau mariage. Si elle n'était pas belle, elle serait sans un sou.

Oh ! celui-ci, vous le reconnaissez, il est du genre des

Envieux, et nous n'en dessinerons pas le moindre trait. L'espèce est aussi connue que peut l'être celle des *félis* domestiques. Comment expliquer la perpétuité de l'Envie? un vice qui ne rapporte rien!

Les *gens* du monde, les *gens* de lettres, les honnêtes *gens*, et les *gens* de tout genre, répandaient, au mois de janvier **1824**, tant d'opinions différentes sur madame Firmiani, qu'il serait fastidieux de les consigner toutes ici. Nous avons seulement voulu constater qu'un homme intéressé à la connaître, sans vouloir ou pouvoir aller chez elle, aurait eu raison de la croire également veuve ou mariée, sotte ou spirituelle, vertueuse ou sans mœurs, riche ou pauvre, sensible ou sans âme, belle ou laide; il y avait enfin autant de madames Firmiani que de classes dans la société, que de sectes dans le catholicisme. Effrayante pensée! nous sommes tous comme des planches lithographiques dont une infinité de copies se tire par la médisance. Ces épreuves ressemblent au modèle ou en diffèrent par des nuances tellement imperceptibles, que la réputation dépend, sauf les calomnies de nos amis et les bons mots d'un journal, de la balance faite par chacun entre le Vrai, qui va boitant, et le Mensonge, à qui l'esprit parisien donne des ailes.

Madame Firmiani, semblable à beaucoup de femmes pleines de noblesse et de fierté qui se font de leur cœur un sanctuaire et dédaignent le monde, aurait pu être très mal jugée par monsieur de Bourbonne, vieux propriétaire occupé d'elle pendant l'hiver de cette année. Par hasard ce propriétaire appartenait à la classe des Planteurs de province, gens habitués à se rendre compte de tout et à faire des marchés avec les paysans. A ce métier, un homme devient perspicace malgré lui, comme un soldat contracte à la longue un courage de routine. Ce curieux, venu de Touraine, et que les idiomes parisiens ne satisfaisaient guère, était un gentilhomme très honorable, qui jouissait, pour seul et unique héritier, d'un neveu pour lequel il plantait ses peupliers. Cette amitié ultra naturelle motivait bien des médisances, que les sujets appartenant aux diverses espèces du Tourangeau formulaient très spirituellement; mais il est inutile de les rapporter: elles pâliraient auprès des médisances parisiennes. Quand un homme peut penser sans déplaisir à son héritier en voyant tous les jours de belles rangées de peupliers s'embellir. L'affection s'accroît de chaque coup de bêche qu'il donne au pied de ses arbres. Quoique ce phénomène de sensibilité soit peu commun, il se rencontre encore en Touraine.

Ce neveu chéri, qui se nommait Octave de Camps, descendait du fameux abbé de Camps, si connu des bibliophiles ou des savants, ce qui n'est pas la même chose. Les gens de province ont la mauvaise habitude de frapper d'une espèce de réprobation décente les jeunes gens qui vendent leurs héritages. Ce gothique préjugé nuit à l'agiotage, que jusqu'à présent le gouvernement encourage par nécessité. Sans consulter son oncle, Octave avait lestement disposé d'une terre en faveur de la bande noire. Le château de Villaines eût été démoli sans les propositions que le vieil oncle avait faites aux représentants de la compagnie du Marteau. Pour augmenter la colère du testateur, un ami d'Octave, parent éloigné, un de ces cousins à petite fortune et à grande habileté, qui font dire d'eux par les gens prudents de leur province : « Je ne voudrais pas avoir de procès avec lui ! » était venu, par hasard, chez monsieur de Bourbonne et lui avait appris la ruine de son neveu. Monsieur Octave de Camps, après avoir dissipé sa fortune pour une certaine madame Firmiani, était réduit à se faire répétiteur de mathématiques, en attendant l'héritage de son oncle, auquel il n'osait venir avouer ses fautes. Cet arrière-cousin, espèce de Charles Moor, n'avait pas eu honte de donner ces fatales nouvelles au vieux campagnard au moment où il digérait, devant son large foyer, un copieux dîner de province. Mais les héritiers ne viennent pas à bout d'un oncle aussi facilement qu'ils le voudraient. Grâce à son entêtement, celui-ci, qui refusait de croire en l'arrière-cousin, sortit vainqueur de l'indigestion causée par la biographie de son neveu. Certains coups portent sur le cœur, d'autres sur la tête ; le coup porté par l'arrière-cousin tomba sur les entrailles et produisit peu d'effet, parce que le bonhomme avait un excellent estomac. En vrai disciple de saint Thomas, monsieur de Bourbonne vint à Paris à l'insu d'Octave, et voulut prendre des renseignements sur la déconfiture de son héritier. Le vieux gentilhomme, qui avait des relations dans le faubourg Saint-Germain par les Listomère, les Lenoncourt et les Vandenesse, entendit tant de médisances, de vérités, de faussetés, sur madame Firmiani, qu'il résolui de se faire présenter chez elle sous le nom de Monsieur de [illegible], nom de sa terre. Le prudent vieillard avait eu soin de choisir, pour venir étudier la prétendue maîtresse d'Octave, une soirée pendant laquelle il le savait occupé [illegible] était toujours reçu chez elle, circonstance qui [illegible] pouvait expliquer. Quant à la prière d'Octave, [illegible] pas une fable.

Monsieur de [illegible]

[illegible]

être à la lueur des bougies, à une toilette admirablement simple, à je ne sais quel reflet de l'élégance au sein de laquelle elle vivait. Il faut avoir étudié les petites révolutions d'une soirée dans un salon de Paris pour apprécier les nuances imperceptibles qui peuvent colorer un visage de femme et le changer. Il est un moment où, contente de sa parure, où se trouvant spirituelle, heureuse d'être admirée en se voyant la reine d'un salon plein d'hommes remarquables qui lui sourient, une Parisienne a la conscience de sa beauté, de sa grâce; elle s'embellit alors de tous les regards qu'elle recueille et qui l'animent, mais dont les muets hommages sont reportés par de fins regards au bien-aimé. En ce moment, une femme est comme investie d'un pouvoir surnaturel, et devient magicienne; coquette à son insu, elle inspire involontairement l'amour qui l'enivre en secret, elle a des sourires et des regards qui fascinent. Si cet état, venu de l'âme, donne de l'attrait même aux laides, de quelle splendeur ne revêt il pas une femme nativement élégante, aux formes distinguées, blanche, fraîche, aux yeux vifs, et surtout mise avec un goût avoué des artistes et de ses plus cruelles rivales!

Avez vous, pour votre bonheur, rencontré quelque personne dont la voix harmonieuse imprime à la parole un charme également répandu dans ses manières, qui sait et parler et se taire, qui s'occupe de vous avec délicatesse, dont les mots sont heureusement choisis, ou dont le langage est pur? Sa raillerie caresse et sa critique ne blesse point; elle ne disserte pas plus qu'elle ne dispute, mais elle se plaît à conduire une discussion, et l'arrête à propos. Son air est affable et riant, sa politesse n'a rien de forcé, son empressement n'est pas servile; elle réduit le respect à n'être plus qu'une ombre douce; elle ne vous fatigue jamais, et vous laisse satisfait d'elle et de vous. Sa bonne grâce, vous la retrouvez empreinte dans les choses desquelles elle s'environne. Chez elle, tout flatte la vue, et vous y respirez comme l'air d'une patrie. Cette femme est naturelle. En elle jamais d'effort, elle n'affiche rien, ses sentiments sont simplement rendus, parce qu'ils sont vrais. Franche, elle sait n'offenser aucun amour-propre; elle accepte les hommes comme Dieu les a faits, plaignant les gens vicieux, pardonnant aux défauts et aux ridicules, concevant tous les âges, et ne s'irritant de rien, parce qu'elle a le tact de tout prévoir. A la fois tendre et gaie, elle oblige avant de consoler. Vous l'aimez tant, que, si cet ange fait une faute, vous vous sentez prêt à la justifier. Telle était madame Firmiani.

Lorsque le vieux Bourbonne eut causé pendant un quart d'heure avec cette femme, assis près d'elle, son neveu fut absous. Il comprit que, fausses ou vraies, les liaisons d'Octave et de madame Firmiani cachaient sans doute quelque mystère. Revenant aux illusions qui dorent les premiers jours de notre jeunesse, et jugeant du cœur de madame Firmiani par sa beauté, le vieux gentilhomme pensa qu'une femme aussi pénétrée de sa dignité qu'elle paraissait l'être était incapable d'une mauvaise action. Ses yeux noirs annonçaient tant de calme intérieur, les lignes de son visage étaient si nobles, les contours si purs, et la passion dont on l'accusait semblait lui peser si peu sur le cœur, que le vieillard se dit en admirant toutes les promesses faites à l'amour et à la Vertu par cette adorable physionomie : — Mon neveu aura commis quelque sottise.

Madame Firmiani avouait vingt-cinq ans. Mais les Positifs prouvaient que, mariée en 1813, à l'âge de seize ans, elle devait avoir au moins vingt-huit ans en 1825. Néanmoins, les mêmes gens assuraient aussi qu'à aucune époque de sa vie elle n'avait été si désirable, ni si complètement femme. Elle était sans enfants et n'en avait point eu ; le problématique Firmiani, quadragénaire très respectable en 1813, n'avait pu, disait-on, lui offrir que son nom et sa fortune. Madame Firmiani atteignait donc à l'âge où la Parisienne conçoit le mieux une passion, et la désire peut-être innocemment à ses heures perdues ; elle avait acquis tout ce que le monde vend, tout ce qu'il prête, tout ce qu'il donne ; les Attachés d'ambassade prétendaient qu'elle n'ignorait rien ; les Contradicteurs prétendaient qu'elle pouvait encore apprendre beaucoup de choses ; les Observateurs lui trouvaient les mains bien blanches, le pied bien mignon, les mouvements un peu trop ondoyants ; mais les Individus de tous les Genres enviaient ou contestaient le bonheur d'Octave, en convenant qu'elle était la femme la plus aristocratiquement belle de tout Paris. Jeune encore, riche, musicienne parfaite, spirituelle, délicate, reçue, en souvenir des Cadignan, auxquels elle appartient par sa mère, chez madame la princesse de Blamont-Chauvry, l'oracle du noble faubourg, aimée de ses rivales la duchesse de

M[illegible] sa cousine, la marquise d'Espard, et madame de Maufrigneuse [illegible], elle [illegible] ou excitent l'amour. Aussi était-elle [illegible] par trop de [illegible]

[illegible]

un nom que parfois elles devraient ensevelir dans leur cœur. Le vieux Bourbonne avait [illegible] le trouble de madame Firmiani ; mais pardonnez-lui : le campagnard était défiant.

— Eh bien, Monsieur ? lui dit madame Firmiani en lui jetant un de ces regards lucides et clairs où nous autres hommes nous ne pouvons rien voir, parce qu'ils nous interrogent un peu trop.

— Eh bien, Madame, reprit le gentilhomme, savez-vous ce qu'on est venu me dire au fond de ma province ? Que mon neveu s'était ruiné pour vous, et le malheureux est dans un grenier, tandis que vous êtes ici dans l'or et la soie. Vous me pardonnerez ma rustique franchise, car il est peut-être utile que vous soyez instruite des calomnies...

— Arrêtez, Monsieur, dit madame Firmiani en interrompant le gentilhomme par un geste impératif, je sais tout cela. Vous êtes trop poli pour laisser la conversation sur ce sujet lorsque je vous prierai de le quitter. Vous êtes trop galant (à l'ancienne mode du mot, ajouta-t-elle en appuyant un léger accent d'ironie sur ces paroles) pour ne pas reconnaître que vous n'avez aucun droit à me questionner. Enfin, il est ridicule à moi de me justifier. J'espère que vous aurez une assez bonne opinion de mon caractère pour croire au profond mépris que m'inspire l'argent, quoique j'aie été mariée, sans aucune espèce de fortune, à un homme qui avait une immense fortune. J'ignore si monsieur votre neveu est riche ou pauvre ; si je l'ai reçu, si je le reçois, je le regarde comme digne d'être au milieu de mes amis. Tous mes amis, Monsieur, ont du respect les uns pour les autres : ils savent que je n'ai pas la philosophie de voir les gens que je n'estime point ; peut-être est-ce manquer de charité ; mais mon ange gardien m'a maintenue jusqu'aujourd'hui dans une aversion profonde et pour les caquets et pour l'improbité.

Quoique le timbre de la voix fût légèrement altéré pendant les premières phrases de cette tirade, les derniers mots en furent dits par madame Firmiani avec l'aplomb de Célimène raillant le Misanthrope.

— Madame, reprit le comte d'une voix émue, je suis un vieillard, je suis presque le père d'Octave, je vous demande donc, par avance, le plus humble des pardons pour la seule question que je vais avoir la hardiesse de vous adresser, et je vous donne ma parole de loyal gentilhomme que votre réponse mourra là, dit-il en mettant la main sur son cœur avec un mouvement véritablement religieux. La médisance a-t-elle raison, aimez-vous Octave ?

— Monsieur, dit-elle, à tout autre je ne répondrais que par un regard ; mais à vous, et parce que vous êtes presque le père de monsieur de Camps, je vous demanderai ce que vous penseriez d'une femme si, à votre question, elle disait : *Oui*. Avouer son amour à celui que nous aimons, quand il nous aime... là... bien, quand nous sommes certaines d'être toujours aimées, croyez-moi, Monsieur, c'est pour nous un effort, et une récompense pour lui ; mais à un autre !...

Madame Firmiani n'acheva pas : elle se leva, salua le bonhomme, et disparut dans ses appartements, dont toutes les portes successivement ouvertes et fermées eurent un langage pour les oreilles du planteur de peupliers.

— Ah peste ! se dit le vieillard, quelle femme ! c'est ou une rusée commère ou un ange. Et il gagna sa voiture de remise, dont les chevaux donnaient de temps en temps des coups de pied au pavé de la cour silencieuse. Le cocher dormait, après avoir cent fois maudit sa pratique.

Le lendemain matin, vers huit heures, le vieux gentilhomme montait l'escalier d'une maison située rue de l'Observance, où demeurait Octave de Camps. S'il y eut au monde un homme étonné, ce fut certes le jeune professeur en voyant son oncle : la clef était sur la porte, la lampe d'Octave brûlait encore, il avait passé la nuit.

— Monsieur le drôle, dit monsieur de Bourbonne en s'asseyant sur un fauteuil, depuis quand se rit-on (style chaste) des oncles qui ont vingt-six mille livres de rente en bonnes terres de Touraine, lorsqu'on est leur seul héritier ? Savez-vous que jadis nous respections ces parents-là ? Voyons, as-tu quelques reproches à m'adresser ? ai-je mal fait mon métier d'oncle, t'ai-je demandé du respect, t'ai-je refusé de l'argent, t'ai-je fermé la porte au nez en prétendant que tu venais voir comment je me portais ? n'as-tu pas l'oncle le plus commode, le moins assujettissant qu'il y ait en France ? je ne dis pas en Europe, ce serait trop prétentieux. Tu m'écris ou tu ne m'écris pas, je vis sur l'affection jurée, et t'arrange la plus jolie terre du pays, un bien qui fait l'envie de tout le département ; mais je ne veux te la laisser néanmoins que le plus tard possible. Cette velléité n'est-elle pas excessivement excusable ? Et monsieur vend son bien, se loge comme un laquais, et n'a plus ni gens ni train.

— Mon oncle...

— Il ne s'agit pas de l'oncle, mais du neveu. J'ai droit à ta confiance : ainsi confesse-toi promptement ; c'est plus facile, je sais cela par expérience. As-tu joué, as-tu perdu à la Bourse ? Allons, dis-moi : « Mon oncle, je suis un misérable ! » et je t'embrasse. Mais, si tu me fais un mensonge plus gros que ceux que j'ai faits à ton âge, je vends mon bien, je le mets en viager, et reprendrai mes mauvaises habitudes de jeunesse, si c'est possible.

— Mon oncle...

— J'ai vu hier ta madame Firmiani, dit l'oncle en baisant le bout de ses doigts, qu'il ramassa en faisceau. Elle est charmante, ajouta-t-il. Tu as l'approbation et le privilége du roi et l'agrément de ton oncle, si cela peut te faire plaisir. Quant à la sanction de l'Église, elle est inutile, je crois : les sacrements sont sans doute trop chers ! Allons, parle, est-ce pour elle que tu t'es ruiné ?

— Oui, mon oncle.

— Ah ! la coquine ! je l'aurais parié. De mon temps, les femmes de la cour étaient plus habiles à ruiner un homme que ne peuvent l'être vos courtisanes d'aujourd'hui. J'ai reconnu en elle le siècle passé rajeuni.

— Mon oncle, reprit Octave d'un air tout à la fois triste et doux, vous vous méprenez : madame Firmiani mérite votre estime et toutes les adorations de ses adorateurs.

— La pauvre jeunesse sera donc toujours la même, dit monsieur de Bourbonne. Allons, va ton train, rabâche-moi de vieilles histoires. Cependant tu dois savoir que je ne suis pas d'hier dans la galanterie.

— Mon bon oncle, voici une lettre qui vous dira tout, répondit Octave en tirant un élégant portefeuille, donné sans doute par *elle* ; quand vous l'aurez lue, j'achèverai de vous instruire, et vous connaîtrez une madame Firmiani inconnue au monde.

— Je n'ai pas mes lunettes, dit l'oncle, lis-la-moi.

Octave commença ainsi : « Mon ami chéri... »

— Tu es donc bien lié avec cette femme-là ?

— Mais, oui, mon oncle.

— Et vous n'êtes pas brouillés ?

— Brouillés !... répéta Octave tout étonné. Nous sommes mariés à Gretna Green.

— Eh bien ! reprit monsieur de Bourbonne, pourquoi dînes-tu donc à quarante sous ?

— Laisse-moi continuer.

— C'est juste, j'écoute.

Octave reprit la lettre, et n'en lut pas certains passages sans de profondes émotions.

« Mon époux aimé, tu m'as demandé la raison de ma tristesse ; a-t-elle donc passé de mon âme sur mon visage, ou l'as-tu seulement devinée ? et pourquoi n'en serait-il pas ainsi ? nous sommes si bien unis de cœur ! D'ailleurs, je ne sais pas mentir, et peut-être est-ce un malheur. Une des conditions de la femme aimée est d'être toujours caressante et gaie. Peut-être devrais-je te tromper ; mais je ne le voudrais pas, quand il s'agirait d'augmenter ou de conserver le bonheur que tu me donnes, que tu me prodigues, dont tu m'accables. Oh ! cher ! combien de reconnaissance il y a dans mon amour ! Aussi veux-je t'aimer toujours, sans bornes. Oui, je veux toujours être fière de toi. Notre gloire, à nous autres, est tout entière dans celui que nous aimons. Estime, considération, honneur, tout n'est-il pas à celui qui a tout pris ? Eh bien, mon ange a failli. Oui, cher, ta dernière confidence a terni ma félicité passée. Depuis ce moment, je me trouve humiliée en toi, en toi que je regardais comme le plus pur des hommes, comme tu en es le plus aimant et le plus tendre. Il faut avoir bien confiance en ton cœur, encore enfant, pour te faire un aveu qui me coûte horriblement. Comment, pauvre ange, ton père a dérobé sa fortune, tu le sais, et tu la gardes ! Et tu m'as conté ce haut fait de procureur dans une chambre pleine des muets témoins de notre amour, et tu es gentilhomme, et tu te crois noble, et tu me possèdes, et tu as vingt-deux ans ! Combien de monstruosités ! Je t'ai cherché des excuses. J'ai attribué ton insouciance à ta jeunesse étourdie. Je sais qu'il y a beaucoup de l'enfant en toi. Peut-être n'as-tu pas pensé bien sérieusement à ce qui est fortune et probité. Oh ! combien ton rire m'a fait mal ! Songe donc qu'il existe une famille ruinée, toujours en larmes, des jeunes personnes qui peut-être te maudis-

[illegible] tous les jours, un vieillard qui chaque soir se dit : Je ne serais pas sans pain si le père de monsieur de Camps n'avait pas été un malhonnête homme ! »

— Comment, s'écria monsieur de [illegible] en interrompant, tu [illegible] de raconter [illegible] cette [illegible] affaire de ton père avec les Bourgneuf ?..... Les femmes entendent bien plus à manger une fortune qu'à la faire...

— Elles s'entendent en probité. Laissez-moi continuer, mon oncle.

« Octave, aucune [illegible] au monde n'a l'autorité de changer le langage de l'honneur. Retire-toi dans ta conscience, et demande-toi par quel mot nommer [illegible] [illegible]. »

Et [illegible] Lucile, qui baissa la tête.

« Je [illegible] pas tous les [illegible] qui m'assiègent. [illegible] et j'ai vu [illegible] : je [illegible] un homme [illegible] pour [illegible] d'argent qu'il [illegible]. [illegible] Vous [illegible] à une femme [illegible] homme. Je veux [illegible] [illegible]. Il s'élève au fond [illegible] ne perd pas [illegible] plus de conscience que [illegible] [illegible] le pouvoir [illegible] [illegible] plus difficile [illegible] [illegible] plus noble [illegible] Je [illegible] plus [illegible] pauvre, [illegible] renoncer à moi. Si je [illegible] plus, [illegible] faire. [illegible] je ne veux [illegible] bien, que tu [illegible] parce que je te le conseille. Consulte bien ta conscience. Il ne faut pas que cet acte de justice soit un sacrifice [illegible]. Je suis ta [illegible] [illegible] de me [illegible] pour toi la plus [illegible]. Si je me trompe, si tu m'as mal expliqué l'action de ton père, enfin, pour peu que tu

» croies ta fortune légitime, oh! je voudrais me persuader » que tu ne mérites aucun blâme! —, décide en écoutant la » voix de ta conscience, agis bien par toi-même. Un homme » me qui aime sincèrement, comme tu m'aimes, respecte » trop tout ce que sa femme met en lui de sainteté pour » être improbe. Je me reproche maintenant tout ce que je » viens d'écrire. Un mot suffisait peut-être, et mon instinct » de prêcheuse m'a emportée. Aussi voudrais-je être grondée, » pas trop fort, mais un peu. Cher, entre nous deux, » n'es-tu pas le pouvoir? tu dois seul apercevoir tes fautes. » Eh bien! mon maître, diriez-vous que je ne comprends » rien aux discussions politiques? »

— Eh bien! mon oncle, dit Octave, dont les yeux étaient pleins de larmes.

— Mais je vois encore de l'écriture, achève donc.

— Oh! maintenant, il n'y a plus que de ces choses qui ne doivent être lues que par un amant.

— Bien, dit le vieillard, bien, mon enfant. J'ai eu beaucoup de bonnes fortunes; mais je te prie de croire que j'ai aussi aimé, *et ego in Arcadia*. Seulement, je ne conçois pas pourquoi tu donnes des leçons de mathématiques.

— Mon cher oncle, je suis votre neveu; n'est-ce pas vous dire, en deux mots, que j'avais bien un peu entamé le capital laissé par mon père? Après avoir lu cette lettre, il s'est fait en moi toute une révolution, et j'ai payé en un moment l'arriéré de mes remords. Je ne pourrai jamais vous peindre l'état dans lequel j'étais. En conduisant mon cabriolet au bois, une voix me criait: « Ce cheval est-il à toi? » En mangeant, je me disais: « N'est-ce pas un dîner volé? » J'avais honte de moi-même. Plus jeune était ma probité, plus elle était ardente. D'abord j'ai couru chez madame Firmiani. O Dieu! mon oncle, ce jour-là j'ai eu des plaisirs de cœur, des voluptés d'âme, qui valaient des millions. J'ai fait avec elle le compte de ce que je devais à la famille Bourgneuf, et je me suis condamné moi-même à lui payer trois pour cent d'intérêt, contre l'avis de madame Firmiani; mais toute ma fortune ne pouvait suffire à solder la somme. Nous étions alors l'un et l'autre assez amants, assez époux, elle pour offrir, moi pour accepter ses économies...

— Comment! outre ses vertus, cette femme adorable fait des économies? s'écria l'oncle.

— Ne vous moquez pas d'elle, mon oncle. Sa position l'oblige à bien des ménagements. Son mari partit en 1820 pour la Grèce, où il est mort depuis trois ans ; jusqu'à ce jour, il a été impossible d'avoir la preuve légale de sa mort, et de se procurer le testament qu'il a dû faire en faveur de sa femme, pièce importante qui a été prise, perdue ou égarée dans un pays où les actes de l'état civil ne sont pas tenus comme en France, et où il n'y a pas de consul. Ignorant si un jour elle ne sera pas forcée de compter avec des héritiers malveillants, elle est obligée d'avoir un ordre extrême, car elle veut pouvoir laisser son opulence comme Chateaubriand vient de quitter le ministère. Or je veux acquérir une fortune qui soit *mienne*, afin de rendre son opulence à ma femme, si elle était ruinée.

— Et tu ne m'as pas dit cela, et n'es pas venu à moi?... Oh! mon neveu, songe donc que je t'aime assez pour te payer de bonnes dettes, des dettes de gentilhomme. Je suis un oncle à dénoûment, je me vengerai.

— Mon oncle, je connais vos vengeances, mais laissez-moi m'enrichir par ma propre industrie. Si vous voulez m'obliger, faites-moi seulement mille écus de pension jusqu'à ce que j'aie besoin de capitaux pour quelque entreprise. Tenez, en ce moment je suis tellement heureux, que ma seule affaire est de vivre. Je donne des leçons pour n'être à la charge de personne. Ah! si vous saviez avec quel plaisir j'ai fait ma restitution! Après quelques démarches, j'ai fini par trouver les Bourgneuf malheureux et privés de tout. Cette famille était à Saint-Germain, dans une misérable maison. Le vieux père gérait un bureau de loterie, ses deux filles faisaient le ménage et tenaient les écritures. La mère était presque toujours malade. Les deux filles sont ravissantes, mais elles ont durement appris le peu de valeur que le monde accorde à la beauté sans fortune. Quel tableau ai-je été chercher là! Si je suis entré le complice d'un crime, je suis sorti honnête homme, et j'ai lavé la mémoire de mon père. Oh! mon oncle, je ne le juge point; il y a dans les procès un entraînement, une passion, qui peuvent parfois abuser le plus honnête homme du monde. Les avocats savent légitimer les prétentions les plus absurdes, les lois ont des syllogismes complaisants aux erreurs de la conscience, et les juges ont le droit de se tromper. Mon aventure fut un vrai drame. Avoir été la Providence, avoir réalisé un de ces souhaits inutiles : « S'il nous tombait du ciel vingt mille livres de rente ! » ce vœu que nous formons tous en riant ; faire succéder à un regard plein d'imprécations un regard sublime de reconnaissance, d'étonnement, d'admiration ; jeter l'opulence au milieu d'une famille réunie le soir à la lueur d'une mauvaise lampe, devant un feu de tourbe.... Non, la parole est au dessous d'une telle scène. Mon extrême justice leur semblait injuste. Enfin, s'il y a un paradis, mon père doit y être heureux maintenant. Quant à moi, je suis aimé comme aucun homme ne l'a été. Madame Firmiani m'a donné plus que le bonheur, elle m'a doué d'une délicatesse qui me manquait peut-être. Aussi la nommé-je *ma chère conscience*, un de ces mots d'amour qui répondent à certaines harmonies secrètes du cœur. La probité porte profit, j'ai l'espoir d'être bientôt riche par moi-même ; je cherche en ce moment à résoudre un problème d'industrie, et si je réussis, je gagnerai des millions.

— O mon enfant, tu as l'âme de ta mère, dit le vieillard en retenant à peine les larmes qui humectaient ses yeux en pensant à sa sœur.

En ce moment, malgré la distance qu'il y avait entre le sol et l'appartement d'Octave de Camps, le jeune homme et son oncle entendirent le bruit fait par l'arrivée d'une voiture.

— C'est elle, dit il, je reconnais ses chevaux à la manière dont ils arrêtent.

En effet, madame de Firmiani ne tarda pas à se montrer.

— Ah ! dit elle en faisant un mouvement de dépit à l'aspect de monsieur de Bourbonne. — Mais notre oncle n'est pas de trop, reprit-elle en laissant échapper un sourire. Je voulais m'agenouiller humblement devant mon époux en le suppliant d'accepter ma fortune. L'ambassade d'Autriche vient de m'envoyer un acte qui constate le décès de Firmiani. La pièce, dressée par les soins de l'internonce d'Autriche à Constantinople, est bien en règle, et le testament que gardait le valet de chambre pour me le rendre y est joint. Octave, vous pouvez tout accepter. — Va, tu es plus riche que moi, tu as là des trésors auxquels Dieu seul saurait ajouter, reprit elle en frappant sur le cœur de son mari. Puis, ne pouvant soutenir son bonheur, elle se cacha la tête dans le sein d'Octave.

— Ma nièce, autrefois nous faisions l'amour, aujourd'hui vous aimez, dit l'oncle. Vous êtes tout ce qu'il y a de bon et de beau dans l'humanité : car vous n'êtes jamais coupables de nos fautes ; elles viennent toujours de nous.

Paris, février 1831.

TABLE DES MATIÈRES.

Pages

www.ingramcontent.com/pod-product-compliance
Ingram Content Group UK Ltd.
Pitfield, Milton Keynes, MK11 3LW, UK
UKHW021059200726
13857UKWH00003B/1007

9 782012 183094